Vingt-deux heures vingt-deux

ISBN 978-2-930582-23-8

1ère édition
D/2015/12.096/3

Collection ROMAN

DENIS DANIELS

Vingt-deux heures vingt-deux

Éditions
du Basson
ROMAN

" J'aurais passé ma vie le long des quais
À faillir m'embarquer
Dans de biens funestes histoires
Tout cela pour l'amour
De mon cœur de la gloire d'amour. "

Jules LAFORGUE

UN

Me voilà de nouveau assis sur ce banc de gare. Tout comme mon esprit, le soleil pointe paresseusement ses premiers rayons déjà embrumés par le temps froid et humide de ce début d'hiver. Aucun train n'est encore arrivé et déjà les premiers voyageurs avancent machinalement vers leur quai de départ.

Je n'ai aucune idée de l'heure à laquelle il arrive. Il ne me reste plus qu'à attendre. Il ne me reste plus qu'à passer le temps. C'est peut-être là qu'est toute la question : comment passer son temps ? Vous qui me lisez, n'est-ce pas ce que vous cherchez à faire ? Vous occuper en attendant la suite de votre vie ? Ne soyons pas prétentieux au point de prétendre à un quelconque besoin d'enseignement ou de culture. On dit que le temps c'est ce qui nous manque à tous. Mais avez-vous déjà envisagé votre vie d'une autre façon ? Avez-vous déjà envisagé avoir trop de temps ? Non ? Et bien voyons… Mais vous êtes en train de lire ! Vous n'êtes pas en train de chasser ou de récolter des légumes pour vous nourrir quand même. N'ayez pas le culot de me dire que lire vous est vital.

Moi, en tout cas, c'est ce que je m'apprête à faire, gaspiller mon surplus de temps. Attendre. M'occuper. Moi et mes pensées. Seul assis sur mon banc, tel un Forrest Gump du vingt-et-unième siècle, mais avec une bonne tête et de mauvaises jambes. Mais moi, pas de boîte de chocolats pour me tenir compagnie. Juste un paquet de blondes, une flasque vide et mes tristes pensées. D'ailleurs, quelle drôle de métaphore que de comparer la vie à une boîte de chocolats : on ne sait jamais sur quoi on va tomber. Faut arrêter les pralines surprises mon vieux ! J'aurais plutôt dit : la vie c'est comme une boite de chocolats, si tu veux profiter de tous les plaisirs qui te sont offerts, gare à la crise de foie mon gars. Et je peux vous dire que je sais de quoi je parle en matière d'excès et des désagréables conséquences corporelles qui en découlent. Avez-vous déjà eu envie de vous auto-décapiter le lendemain d'une aventure éthylique, juste pour faire cesser la pression qui tente d'expulser votre cerveau par vos orbites ? Un paquet. Avez-vous déjà au réveil, vaseux et nauséeux, essayé de vous rappeler où vous êtes et que font ces traces de morsures sur vos fesses ? Une longue histoire, mais oui. Tout ça pour vous dire que j'ai eu plus que ma part de délires nocturnes sous hautes influences. Et quand je parle d'influences, je prends ce mot dans son sens extra-large. Rencontrer au fil de la nuit de vagues connaissances dépravées en quête de débauches et orgies… Je vous suis. Acheter une substance plus ou moins chimique à un type plus ou moins glauque dans un endroit des plus sinistres… Ok, je prends. Fais chier, il pleut encore aujourd'hui… Pas de chance, je vais encore devoir passer la nuit à picoler pour oublier ces circonstances climatiques défavorables... Je pense que vous devez commencer à comprendre le principe. L'important c'est l'ivresse comme disait l'autre. Et c'était mon credo pendant un long, très long moment… Mais je n'ai pas toujours été comme ça. Je ne me justifierai pas par de quelconques circonstances de ma vie qui ont fait que. D'ailleurs j'ai toujours dit : se justifier, c'est commencer à avouer. Si j'ai eu cette phase un tant soit peu excessive, c'est avant tout par choix. Mais c'est une longue histoire.

La voix monotone et dénuée d'imagination des hauts parleurs annonce la première arrivée de la journée. À ce signal, quelques somnambules éveillés entament une lente progression difficile vers le quai annoncé. Le vent glacial balaye le béton morne et mal éclairé sous leurs pieds. Malgré les températures hivernales déjà bien marquées, les passagers concernés par cette imminente arrivée, bientôt suivie par un imminent départ, se refusent toute proximité, gardant chacun une distance respectable convenue très méticuleusement sur base de nos normes sociales. Normes sociales qui les privent en cet instant du peu de chaleur disponible en ces lieux : la chaleur humaine. Mais l'homme est malin et a plus d'un tour dans sa manche. En voilà un qui tente de déjouer la morsure du froid par un mouvement de balancier hautement élaboré : tout mon poids sur mon pied gauche… Et maintenant tout mon poids sur mon pied droit… Et on recommence. Bien qu'aussi esthétique qu'un ours dansant la valse, cette technique doit, à mon humble avis, encore faire ses preuves. Sans vouloir critiquer bien entendu. Un autre, un peu plus âgé, tente une approche différente. Fort de son expérience et de la sagesse qui est censée en découler, il essaie de hisser ses épaules à hauteurs de ses oreilles. Tu y es presque… Encore un petit effort… Il persévère pépère. Je ne pense pas que celle-là soit la bonne méthode non plus.

Bon d'accord j'avoue, je me fous bien de leurs gueules, emmitouflé sur mon banc. Mais tâchez de comprendre ma situation. Je passe la majeure partie de mes journées dans cette gare à attendre un train qui peut-être ne viendra pas et dont je n'ai aucune idée de l'heure d'arrivée. Alors, pour vous, le gars qui trépigne pour se réchauffer c'est peut-être banal. Pour moi c'est de l'animation. Un jour j'ai même eu la chance de voir une fille magnifique craquer l'arrière de sa jupe en s'abaissant. Ca peut vous paraître tout con, à vous, mais moi, un défilé de fête nationale composé de martiens chevauchant des bébés phoques ne m'aurait pas autant satisfait. C'est vous dire…

Mais à force on s'habitue. On s'habitue à tout, même à l'ennui. Même à la sobriété. Et à la longue, cette gare est un peu devenue comme un deuxième chez moi. Je suis passé du statut de passager à spectateur. Peut-être qu'un jour, même involontairement, je deviendrai acteur de ce petit monde confiné mais pour le moment j'observe. J'ai appris à connaître ce petit royaume presque autonome, sa monarchie et ses vassaux. Par le biais de bouts de conversations volés, j'ai appris à connaître les différents caractères et les microcosmes de cet endroit banal pour les non-initiés : Olga, la tenancière de la sandwicherie et Boris, son mari qui tient le stand à journaux un peu plus loin, Susy qui s'occupe du bistrot-petite restauration-tabac et Lucie sa serveuse, Irma alias Madame pipi, Jo le punk qui fait la manche à l'entrée et Zombi son chien au pelage aussi coloré que son maître, Aimée et son lourd chariot rempli de produits d'entretien qui essaie de rendre cet endroit moins crasseux, le gros Tony qui travaille au guichet et sa splendide moustache et, enfin, la femme de la voix du haut-parleur. Je ne l'ai jamais vue. Mais je ne désespère pas de mettre un visage sur ce ton monocorde et mécanique. Et ça, c'est uniquement les personnes qui travaillent ici. À eux s'ajoutent les voyageurs, réguliers ou non, les passants, les clients, les patrouilles de police, les dealers et j'en passe. Et finalement la gare, vestige majestueux d'une époque révolue qui ne veut pas disparaître, empire morne de pierre et de métal mais grouillant pourtant de vie. La gare qui sert de scène à des dizaines de pièces de théâtre quotidiennes jouées par des acteurs inconscients. Je suis en elle, tous les jours, elle qui est devenue ma télévision, mon internet, ma toile, mon téléphone portable, mon hobby, mon passe-temps, mon amie et maîtresse. Un lien spécial s'est tissé entre nous et je bois avec délectation les images qu'elle daigne m'offrir. Elle m'a montré Boris se rendant aux toilettes plus que de coutume et Olga, jalouse intuitive, le surprenant avec Irma lors de leurs ébats interdits dans les lieux de soulagement. Par ses regards vengeurs et pénétrants, comment Olga n'a jamais pardonné à Irma, pourtant une simple connaissance, alors qu'elle pardonna à son traître de mari. Comment Boris a réussi à reconquérir son épouse par des semaines d'attentions soutenues et de gestes tendres. Comment, un jour, il a même fermé boutique en dansant sur place, rythmé par un besoin urgent qu'il n'a jamais osé aller soulager sur le lieu du crime adultère.

Grâce à elle, j'ai remarqué plusieurs jours durant les yeux rougis et bouffis de la serveuse Lucie, signe d'une rupture récente. Comment après quelques temps son attitude a commencé à changer avec sa clientèle masculine séduisante. J'ai observé la naissance de son nouveau rire, faisant écho aux plaisanteries et compliments intéressés de ses candidats admirateurs, leur répondant implicitement *"Je suis libre mais je n'attends rien de toi. Continue de me séduire, ça me fait tellement de bien au moral. Je t'en supplie, continue ! "*. J'ai pu lire l'inquiétude marquée de Jo, punk nihiliste adepte de la main tendue et des canettes de bières bon marché, lors de la disparition de Zombi pendant plusieurs jours. J'ai pu voir ses larmes couler lors du retour de son poilu de fugueur.

Mais assez parlé d'eux, assez parlé de ma petite famille par intérim. Revenons-en à des sujets hautement plus laborieux et intéressants. Revenons-en à des sujets qui puissent vous susciter inspirations, passions et dévotions. Parlons plutôt de moi.

DEUX

Un homme arrive sur le quai en courant. Haletant de sueur il marque l'arrêt, surpris de se retrouver entre deux trains pointant leur nez dans deux directions différentes. L'homme semble se reprendre d'une très longue seconde d'hésitation et tente un analytique coup d'œil vers les panneaux lumineux. Étonnement, ils sont en panne… Qui a dit sarcasme ? Il replonge dans son hébétude une deuxième interminable seconde. Il se décide enfin et monte dans un train, apparemment au hasard, dans un wagon quelconque. Il embarque parmi la cohue de passagers. Je l'observe par la vitre de son compartiment, plié en deux, en train de parler à l'oreille d'une vieille dame assise. La dame lui répond et les traits de notre homme se tirent comme s'il avait été attrapé à l'arrière de la tête par une pince de grue hydraulique. Il se dirige vers la sortie avec un empressement évident, bousculant au passage l'énorme masse sombre d'un individu dont le visage m'est masqué par l'étroitesse du panorama. Le train démarre.

Troisième temps d'arrêt, troisième interminable seconde, ponctuée cette fois par notre gaillard interloqué et tournant lentement la tête en direction de l'énorme masse sombre venant de se mettre en mouvement dans sa direction, d'un pas sûr, décidé et vengeur. Le train est parti.

C'est étonnant comme certains événements de votre vie peuvent rester gravés dans votre mémoire, de manière presque cinématographique. D'après moi, ce sont en général les moments-clés. Le genre de moment où, si tu te comportes comme un con, tu seras damné à une vie d'errance et de tourments, lapidé du regard à chaque miroir rencontré. Par contre, si t'assures, à toi Byzance all-inclusive jusqu'à la fin de tes jours. Un de ces souvenirs pour moi est ma rencontre avec Lola. Je me souviens encore très bien de l'ambiance chaude et calfeutrée du bar lounge dans lequel je me trouvais. Le "Drum-n-Bar". C'était la grande tendance des lounge bars, le style chic et un peu prétentieux, l'atmosphère de confidences et de secrets et les musiques intimes et sensuelles. Leur essor vient peut-être du fait que les gens se sont rendu compte que ce n'était pas si mal de discuter avec quelqu'un sans devoir lui hurler dans l'oreille. C'est aussi beaucoup plus hygiénique.

Tout comme mon état, la soirée était déjà bien avancée. Accoudé au bar les yeux perdus dans l'horloge, je pensais déjà à ce que j'allais commander pour la suite des festivités. Il était 22 heures 22. Tout à coup, je fus sorti de mes rêveries par la plus belle des bousculades qu'il m'ait été donné de subir. Je tournai lentement la tête pour voir un postérieur que jamais je n'oublierai. Elle était à côté de moi, pliée en deux en train d'effectuer des fouilles archéologiques dans son sac à main comme seules les femmes en ont le secret. Ses magnifiques fesses parées d'un simple jeans semblaient sublimées, je ne sais par quel miracle, par ce pourtant commun morceau de toile. Je fus tout de suite épris du peu que je pouvais voir d'elle. Outre son popotin michel-angélique, l'érotique naissance de ses hanches dépassant légèrement d'une veste de cuir, elle-même posée sur un dos fin et élancé conduisant à une longue chevelure couleur bière blonde, me subjuguait. Par fierté, je ne pouvais rester sans réagir. Et par lubricité devant cette prometteuse beauté, je me devais d'entamer la conversation de façon charmante, prémice d'une séduction que j'étais maintenant bien décidé à tenter. Mais c'est l'alcool qui prit le dessus et les mots qui sortirent de ma bouche furent :

- Pantalon tendu… tape sur le cul !

Non, je ne suis pas très fier de ce premier contact mais bon, ce qui est fait est fait. Par chance, j'y avais été mollo ce jour-là point de vue breuvages alcoolisés et j'étais encore assez maître de moi pour ne pas joindre le geste à la parole. Si ça avait été le cas, avec le recul, je suis certain maintenant que cette conversation aurait été très courte et ponctuée violemment par une des mains, voir un des genoux, de ma dame aux fesses de cœur. Mais ce ne le fût pas. Elle se releva directement suite à mes paroles des plus… disons philosophiques et me dit avec une froideur sibérienne :

- N'y pense même pas !

Heureusement elle se radoucit vite, me voyant accoudé au bar, la tête à peine penchée dans sa direction et à vingt-mille lieues de mettre à exécution ce dicton paillard tout droit sorti de mon esprit embrumé.

- Tu ne crains rien avec moi, je suis plus caresses que claques.

- Je ne tolérerai ni l'un ni l'autre, ajouta-t-elle sans agressivité mais avec assez de fermeté pour ne pas laisser de place à l'équivoque.

Mon Dieu je suis foutu, me dis-je, une femme de caractère. Et quelle femme ! Ce n'était pas le genre de beauté à mettre sur un podium avec un visage parfait, une coiffure parfaite et un maquillage parfait. Non. C'était une beauté sauvage et naturelle avec ces petites imperfections qui la rendent humaine et abordable. Je me souviens des minuscules petites rides au coin de ses yeux qui appuyaient son profond regard émeraude. Je me souviens de ce léger petit écart entre ses dents de devant qui sublimait une bouche appelant les baisers. Je me souviens des petites fossettes qui se creusaient au milieu de ses joues quand elle essayait de retenir un sourire, des quelques mèches rebelles prenant des directions qu'elles seules avaient décidé de prendre, de la légère roseur nichée sur le haut de ses joues quand elle avait trop chaud et surtout de son visage harmonieux et expressif mettant toutes ces notes en musique pour donner une symphonie aérienne, splendide. Presque irréelle. Une vague de chaleur s'empara de moi, accompagnée d'un désir intense et délicieusement douloureux. Je savais que cette femme occuperait les parties conscientes ou non de mon cerveau imbibé jusqu'à ce que j'obtienne satisfaction. Elle devait être mienne, ne fut-ce qu'une seconde. Je ressentais le besoin physique et hautement primitif de la toucher, de la serrer contre moi, de me sentir en elle. Je ne sais combien de temps je restai stoïque et contemplatif en proie à cet attrait irraisonné mais ce dont j'étais sûr c'est qu'elle remarqua mon trouble. Elle en fut troublée. Je devais enchaîner, vite, sous peine de passer pour un niais coincé et sans répartie.

- Serais-je accusé de tentative de pelotage ?

- Suspecté seulement…

- Je plaide non-coupable ! Quoique je reconnais que l'idée de toucher cette matière entourant admirablement bien le bas de tes hanches m'a traversée fugacement l'esprit. Mais par pure curiosité scientifique bien entendu.

Naissance de petites fossettes… Elle se retient de sourire… un coup au but !

- Bien entendu…

- C'est quoi ?

- Du jeans.

- Whaaaa ! Je n'en avais jamais vu.

- C'est cela oui. Au vu de tes arguments, je crois que le jury n'a pas d'autre choix que de te déclarer coupable.

- Dur ! Possible de plaider en appel ?

- Pas ce soir, d'autres cas urgents m'attendent ailleurs. Mais une autre fois peut-être…

Elle ne bluffait pas. Elle n'essayait pas de se soustraire à notre conversation. Je venais seulement de comprendre ce qu'elle cherchait dans son sac à main : son portefeuille. Elle était venue au bar pour payer son addition. Mais depuis combien de temps était-elle là, dans ce lieu de rencontre, à quelques mètres de moi sans pour autant que je ne la remarque. Avais-je été aveuglé par le pauvre centimètre de whisky se tempérant dans mon verre au point de ne pas remarquer cette déesse ? Étais-je aviné au point de contempler les étoiles et de les confondre avec des lucioles ? Honte à moi. Mais il n'était peut-être pas trop tard. Affranchi de ma timidité grâce à l'alcool et propulsé par ce *je ne sais quoi* qui venait de se produire, j'entamais une dernière joute verbale. Celle-ci devant plus que probablement clôturer cette charmante rencontre, je me devais d'obtenir un maximum d'informations afin que ce ne soit pas la dernière. Je pris un air faussement détaché et lui demandai son nom.

Joues légèrement teintées, léger sourire retenu, elle me répondit.

- Perry Mason !, lâcha-t-elle satisfaite.

- Enchanté, Clyde Barrow..., répondis-je du tac au tac.

Je lui tendis la main. Elle l'accepta sans hésiter. L'intensité de ce contact anodin me transporta. Nos regards s'emmêlaient, tentant de se jauger mutuellement. C'est elle qui y mit fin, le temps d'un battement de cœur soutenu. Elle se dirigea ensuite vers la sortie d'une démarche féline et victorieuse. Je ne pouvais décoller mes yeux de sa silhouette. Je me devais de profiter quelques secondes encore de ces divines courbes. Son cul, selon moi, devrait être cryogénisé et exhibé aux générations futures afin qu'il serve d'exemple, de guide. Elle passe la porte… Mouvement de cheveux et… Alléluia ! Elle lance un dernier regard souriant dans ma direction avant de quitter définitivement ce qui fût le premier acte de notre épisode amoureux. Lola…la belle inconnue… Enivré sentimentalement par cette petite victoire personnelle, j'étais bien décidé à m'enivrer physiquement pour fêter ça.

TROIS

Il est presque dix heures. Le va et vient incessant de trains et de passagers se tarit doucement. Même les foules ont besoin de pauses. La prochaine entrée en gare n'a pas lieu avant une trentaine de minutes. C'est en général le moment que je choisis pour aller rendre une petite visite à Susy et son bistrot. Je m'y mets dans un coin et tente de me faire oublier. Aux premières loges du petit manège vivant virevoltant sous mes yeux, je tapote de temps à autre ma flasque vide. Avant, il m'arrivait machinalement de la sortir et de la porter à mes lèvres. Je parle de ma flasque bien entendu. Esprits mal tournés !

Maintenant je ne désire même plus qu'elle soit pleine. Je vis par procuration et cette gare est mon self-service. Mais comme dans tout self-service, il faut se contenter de ce qu'il y a au menu. Rien à voir avec les lieux que j'avais pris l'habitude de fréquenter.

Êtes-vous déjà allé dans un bar tendance d'un quartier branché d'une grande ville à la mode ? Y êtes-vous déjà allés aux heures d'affluence un soir de week-end ? Avez-vous déjà observé, confortablement assis dans ce genre d'endroit, autre chose que le fond de votre verre ? Avez-vous déjà porté votre attention sur autre chose que la carte des boissons ou la jolie blonde se trémoussant en rythme comme à la recherche du reste de sa jupe ? Moi, régulièrement. J'avoue que j'adore passer des heures assis dans un café. Je privilégie les coins stratégiquement choisis pour leur panorama. Je regarde les noctambules en vadrouille. J'aime observer les couples qui se forment ou se brisent au gré des vagues de boissons fermentées, les amitiés intensément éthyliques qui se créent entre des inconnus qui ne se reverront jamais, la justesse des débats socio-politico-philosophiques des fins de soirée bien arrosées. J'aime ce monde et m'en repais. Mais de nature casanière et mélancolique, c'est d'instinct que mon attention se porte vers mes semblables, ces autres loups solitaires d'une meute qui n'en sera jamais une, ces autres clients esseulés accoudés au bar ou assis à une table où, face à eux, trône fièrement une chaise vide, comme une marque de reconnaissance de notre petite communauté. C'est étrange comme il semble se dégager d'eux une aura misérable de tristesse. Cela vient peut-être de leur allure résignée, pauvres marionnettes aux fils détendus. Et au milieu de ces ermites publics, au carrefour de leurs regards plaintifs, un étal de relations et sentiments plus ou moins superficiels allant de la franche camaraderie à la tension palpable en passant par une attirance sexuelle grandissante au fur et à mesure que les verres se vident. J'ai toujours été fasciné de voir se marier en ces endroits des états d'esprit tellement opposés.

Ce patchwork d'émotions me rappelle souvent Max. Mon compagnon de route fidèlement taciturne. Un mystère pour ceux qui veulent le connaître, une énigme pour ceux qui l'ont rencontré. Max, le noctambule incernable, mon meilleur ami. Mon seul ami. N'allez pas penser que je suis un homme socialement isolé, loin de là. J'ai beaucoup de copains, de potes et autres camarades de beuverie. Mais un ami je n'en ai qu'un seul. Et ça depuis… un long moment. Max et moi nous connaissons depuis l'enfance. Nous avons grandi dans le même patelin, à quelques rues l'un de l'autre. Même si à l'époque nous ne nous fréquentions pas assidûment, Max étant plus âgé que moi d'un an, nous discutions de temps à autres ou participions tous les deux à une partie de football sauvage et endiablée. Nous avions l'un pour l'autre ce respect implicite qu'ont les enfants portant la même étiquette, l'étiquette de " gamin du quartier ". Au fur et à mesure que les années passaient, mon respect pour lui se transformait en admiration. Max à qui tout souriait : les études, les filles, les amis et la fête. Et mon admiration prit des proportions démesurées lorsqu'à la fin de ses études Max dit au revoir à notre petit village pour partir vers la capitale un sac sous le bras. Il était devenu pour moi un exemple, une inspiration. C'est grâce à lui qu'un an plus tard, mon diplôme en main, j'eus le courage de faire comme lui, quitter notre petit monde auto-suffisant sans perspective d'avenir intéressante pour me lancer à l'assaut de la grande ville. Je me revois encore. Je suis descendu du train, un sac de sport sous le bras et l'équivalent de deux mois de salaires de job d'étudiant en poche. Je n'avais aucune idée d'où aller ni par quoi commencer. Au fond de moi je savais que Max avait vécu la même chose un an plus tôt et j'avais le sentiment qu'il devait maintenant mener la grande vie.

Je me trouvai donc un petit logement bon marché, une chambre pourrie munie d'un évier qui ne l'était pas moins dans un quartier mal fréquenté. J'ai alors enchaîné plusieurs petits boulots, les cumulant fréquemment, afin de pouvoir subvenir à mes besoins. J'ai joué au plongeur, chauffeur de taxi, livreur de pizza, serveur, vendeur occasionnel de sperme et pseudo-étudiant prêt à ingérer des médicaments en phase de test contre rémunération. Pas très glorieux tout ça, n'est-ce pas ? Mais il faut bien commencer par quelque chose.

Vu le confort tout relatif de mon pied-à-terre, vous pensez bien que j'essayais d'être chez moi le moins possible. Quand je ne souillais pas ma condition humaine à effectuer de basses besognes, je passais mon temps à flâner en ville, à explorer les sombres ruelles et les recoins perdus et, surtout, à faire la fête. C'était devenu pour moi presque vital. Comprenez que je n'étais pas très bien dans ma peau à cette période. Une fois l'exaltation de la capitale passée, je me retrouvais seul dans mon taudis à trimer comme une bête de somme pour gagner juste de quoi survivre plus ou moins dignement. Certes j'étais libre comme le vent mais cette liberté avait un prix. J'étais tourmenté par des désirs contradictoires et une incertitude permanente. Je rêvais d'une vie qui n'était pas la mienne.

Si je n'avais pas été quelqu'un de si fier, j'aurais fait des dizaines de fois marche arrière, implorant un asile salvateur dans la maison paternelle. Et plus le temps passait sans voir ma situation évoluer, plus mes doutes emplissaient mon esprit jusqu'à la torture. Mes sorties devinrent de plus en plus fréquentes et de plus en plus excessives. Je me vidais la tête en me remplissant le gosier de nectars fermentés. Je ne refusais jamais un verre ou une drogue qui m'étaient proposés. Tout était bon pour faire cesser, ne fut-ce que quelques heures, mes doutes, mes angoisses. J'étais perpétuellement en quête d'une femme avec qui passer le reste de la nuit avec le seul espoir de me réveiller ailleurs que dans mon taudis. Je faisais vraiment tout pour éviter de rentrer et de me retrouver face à moi-même. J'avais même réquisitionné à long terme une consigne à la gare. J'y avais glissé quelques vêtements, un essuie et une brosse-à-dents. Souvent, au retour de mes sorties prolongées, je me lavais et changeais dans les WC pour éviter l'auto-confrontation dans mon antre.

J'ai vécu de la sorte pendant environ un an. Jusqu'au jour où j'ai revu Max dans un bar lors d'une de mes sorties. J'étais à moitié bourré et portais des vêtements froissés enfilés à la hâte dans des toilettes publiques. Lui était en costume-cravate. Il était au milieu d'un groupe de personnes portant la même tenue emblématique d'une bourgeoisie élégante.

Il semblait dans son élément, verre à la main et sourire aux lèvres. Une plaisanterie par ci, quelques paroles chuchotées à l'oreille d'une jolie fille par-là, on aurait dit un paon au milieu de sa basse-cour. Nous nous sommes tout de suite reconnus. Max est venu vers moi délaissant sa foule d'admirateurs et nous avons passé le reste de la nuit à discuter. Il m'a expliqué que nous n'étions pas les deux seuls du village à avoir tenté le grand saut et que ce groupe de courageux aventuriers amateurs des temps modernes formait une sorte de fratrie, restant en contact les uns avec les autres et se serrant les coudes. J'y fus d'office intégré sans même que la question se pose. Après avoir échangé nos numéros de téléphone, nous nous sommes quittés en nous promettant de nous revoir très vite. Nous avons tenu notre promesse et depuis cette nuit, Max et moi sommes indécollables. Il est devenu un confident, un ami, un frère et un mentor. Il m'a mis au bain de foule et a plongé mes yeux dans l'océan de la cité.

Après cette première rencontre, et pour la première fois depuis longtemps, je pus rentrer dormir chez moi confiant et plein d'espoir. Je savais déjà, au plus profond de moi, que ma vie allait changer. Je sentais que ce changement serait positif.

QUATRE

De retour sur mon banc, j'attends les arrivées saccadées et sporadiques des trains de l'avant-midi. Vers midi la cadence va s'accélérer. Étrange comme l'heure qu'on assimile souvent à un moment de réunion nutritive autour d'une table est aussi l'heure à laquelle le plus de gens voyagent. Arrivées ou départs du boulot. Sorties d'écoles. Rendez-vous de début d'après-midi ? Aucune idée. Mais, à mon avis, le travail à mi-temps doit y être pour quelque chose. Et quel excellent concept que le travail à mi-temps. Quoi que pour moi ça parait encore trop de travail. J'ai toujours été fervent partisan de *"Il faut travailler pour vivre et non pas vivre pour travailler"*. Cela vient peut-être du fait que je n'ai jamais eu aucune ambition professionnelle, si ce n'est en faire le moins possible pour gagner un maximum d'argent. Aucun métier ne m'a jamais vraiment intéressé. La seule chose qui m'intéressait à une certaine époque, était de pouvoir simplement faire ce que je voulais et quand je le voulais.

J'ai même pensé me lancer dans les braquages mais j'ai vite laissé tomber l'idée. Trop de stress, trop de soucis, trop de tracas et surtout… beaucoup trop saoul le soir où j'ai envisagé cette solution. Attendant encore aujourd'hui de gagner le jackpot à la loterie j'ai dû, comme la plupart des gens, me résigner à trouver du boulot. Mais je devais quand même tenter un certain compromis. Et je réussis à le faire grâce à ma petite fratrie de vieux " gamins du quartier ".

Nelson était assurément celui dont les parents avaient la plus belle maison. La seule avec une piscine, la seule clôturée par un mur en béton et la seule avec un triple garage. Son père avait bien réussi dans l'immobilier et Nelson gérait son agence principale ici en ville. Il me trouva un appartement digne de ce nom à un prix défiant toute concurrence et surtout en plein centre. Je pus finalement goûter au plaisir réconfortant d'un retour au foyer et me laissais entraîner par l'ivresse de l'aménagement du nid grâce au fast-food de l'ameublement scandinave. Pour le remercier, et parce que l'idée me plaisait bien, j'acceptais de le dépanner au besoin en faisant visiter ses biens en vente. Selon lui le secteur était en plein essor et il se retrouvait souvent à court de personnel. Je n'ai eu aucun mal à revêtir ma panoplie d'agent immobilier au sourire charmeur et au discours rassurant. Nelson était satisfait de mon travail et me payait très bien pour le peu de temps que cela me prenait. J'ai même eu droit à des commissions sur des ventes que je suis parvenu à conclure.

Tomas était celui qui *" chipotait tout le temps dans les bagnoles "*. J'ai l'impression qu'on en connaît tous au moins un. Après ses études en mécanique, il eut l'occasion de racheter un vieux lot de taxis qu'il répara lui-même. Il put ensuite ouvrir sa propre compagnie de taxis qui comprenait déjà cinq chauffeurs. Tomas s'occupait de la gestion et de l'entretien des véhicules. Il avait régulièrement besoin d'un chauffeur " bonus " pour l'aider les soirs d'affluence ou pour remplacer au pied levé un employé malade. Tout cela sans aucune obligation contractuelle bien entendu, ce qui nous convenait parfaitement à tous les deux.

Et puis il y avait Max. Max qui travaillait pour une grande multinationale au nom composé uniquement d'initiales. Max qui travaillait toujours en costume et qui occupait une fonction à dénomination pompeuse et à rallonge que je n'ai jamais été capable de retenir. D'après ce qu'il m'a expliqué en gros, cela consistait simplement à organiser les sorties des clients et/ou associés venus en ville pour traiter avec sa boîte. Son but étant bien évidement que ceux-ci passent la soirée la plus agréable possible afin d'être dans les meilleures dispositions pour les négociations futures. Grâce à ce métier il était devenu un roi de la nuit. Il était capable de faire rentrer n'importe qui n'importe où sans jamais faire la file. Il connaissait serveurs, portiers, patrons et gérants de tous les établissements à la mode, fréquentables ou non. Vous auriez dû le voir se pavaner au milieu de ce monde de noctambules branchés en distribuant poignées de mains, pourboires, sourires et gestes d'attention à qui de droit. Il me faisait penser à ces vieux films sur la mafia italienne où l'on voit " le parrain " se promener au milieu de sa cour de prétendants. *"Et alors Gianni, comment va la famille ?... Luigi, mon ami, ça va mieux cette jambe ?... Stefano, je vais te faire une offre que tu ne pourras pas refuser... "*. Vous voyez le genre. Bien entendu, l'entièreté de ses dépenses étaient couvertes par la carte de crédit magique et illimitée fournie par sa société. Grâce à elle, Max m'engagea comme assistant rémunéré lors de ces sorties. Ça consistait simplement à les suivre lors de leurs virées. Virées qui se déroulaient dans les plus beaux endroits de la ville à boire les meilleurs alcools, à consommer les meilleures drogues et à coucher avec les plus belles prostituées. Et tout cela aux frais de la princesse ! Il y a pire comme travail, non ?

J'ai souvent interrogé Max sur la manière dont il avait obtenu ce poste, lui qui n'avait aucun diplôme. Il restait toujours évasif sur la question. Un petit sourire en coin, il me répondait qu'il suffisait parfois d'être au bon endroit au bon moment.

Je me retrouvais donc en cette période de ma vie avec trois jobs occasionnels et pas des plus déplaisants. Ils me permettaient de subvenir grassement à mes besoins sans me casser trop la tête et surtout sans aucun engagement légal si ce n'est une certaine dette morale envers notre petit clan.

En bref ? J'avais la belle vie. J'étais passé de la précarité au luxe et de la déprime à l'euphorie. J'étais seul maître de mon emploi du temps tout en disposant des fonds nécessaires pour assurer mes besoins et envies. En bien des points et pour beaucoup de gens je semblais vivre en bohème mais cela me convenait parfaitement. Que demander de plus ?

Certes je sortais, buvais et baisais au gré de mes ardeurs et de mes limites, que je n'avais de cesse de repousser toujours plus loin. J'étais totalement et volontairement dans l'excès. Mais une fois ces intenses et éphémères ouragans de plaisirs passés, je me retrouvais seul dans mon grand appartement. Et si le vide de mon pied-à-terre fut facile à remplir grâce à du mobilier esthétiquement moderne et disposé avec goût, je savais déjà que cet autre vide qui se créait en moi serait beaucoup plus difficile à combler. Alors me direz-vous, pourquoi un homme qui semble déjà posséder presque tout ce qu'il souhaite risquerait de tout changer pour un simple petit manque ? Bonne question. Peut-être cela venait-il de mon côté enfant gâté. J'étais en pleine ascension. Je voulais et il me fallait tout : le beurre, l'argent du beurre, le sourire de la crémière et sa petite culotte. Mais peut-être la réponse était-elle bien plus simple. Cette même réponse commune à tant d'interrogations de l'homme depuis la nuit des temps. Cette même réponse au pourquoi de tant de guerres, de conflits et de drames… Une femme.

CINQ

Midi trente. L'heure de pointe de la mi-journée est à son paroxysme. Le rythme mécanique des arrivées et départs s'accélère. Les flots incessants de voyageurs donnent la cadence. Brouhaha de foule comme musique de fond, chaque bruit est une note de cette valse industrielle. Chaque personne un accord. Toujours à mon poste, je me laisse bercer par cette mélodie devenue familière et observe avec un détachement intéressé ses partitions. Même la voix habituellement monocorde vomie des haut-parleurs semble ne pas rester insensible à cet engouement.

Je ne sais comment ni pourquoi mais je suis certain que le train que j'attends n'arrivera pas au milieu de ce doux tumulte. Je décide d'aller marcher le long des quais, de plonger un peu dans les vagues de passagers. Voilà bien une expérience des plus enrichissantes que tout le monde devrait tenter au moins une fois dans sa vie. Je m'emplis les narines de mille odeurs gouvernées par le métal et me lance. Je glisse et me faufile adroitement, évitant distraits et pressés. Après quelques instants à suivre nonchalamment le mouvement général, je m'arrête subitement. Immobile, je ferme les yeux et écarte légèrement les bras le long desquels je sens maintenant des dizaines de frôlements et de bousculades nonchalantes, résultats de tentatives d'évitement bien maladroites. Je profite encore un moment de cette promiscuité involontaire. J'écoute maugréer quelques insatisfaits. J'ouvre lentement les yeux et les laisse tranquillement se remplir d'une lumière artificielle et blafarde. Je fais brusquement demi-tour et attaque la remontée de ce courant humain, seul contre tous.

Encore une fois, je progresse à contre-courant. Bien entendu, c'est la progression la plus difficile. Les sens en alerte, concentration à son maximum, j'use de toute mon agilité afin d'éviter la collision. Des visages surpris et contrariés défilent sur ma droite et ma gauche pendant que je continue mon slalom averti. Je me tiens éloigné des groupes compacts et me lance franc-battant à la rencontre des individus isolés, me retrouvant parfois moins d'une seconde nez-à-nez avec eux, voir torse contre torse. Petite glissade de côté, quart de tour et traversée en crabe entre deux épaules, j'esquive et virevolte tel un toréador au milieu d'un champ de taureaux aveugles. Un dernier entrechat et mon ballet se termine. J'observe mon public me tourner le dos et se diriger vers la sortie. Content de ma prestation, je me fends d'un large sourire devant la stupidité de mon petit jeu et la satisfaction qu'il me procure. Quelle ironie, provoquer autant le contact pour au final se retrouver seul, laissant le monde derrière soi.

Voilà qui me ramène étrangement à la suite de mon histoire. J'avais quitté mon petit village de campagne pour m'installer à la ville. J'avais quelques petits boulots sympas m'assurant des revenus tous aussi sympathiques. Je logeais dans un spacieux appartement équipé de tout le nécessaire pour qu'un célibataire puisse vivre le plus confortablement possible. Et puis quoi ? Le standard établi dirait : *une femme, un appartement ou une maison de banlieue, des enfants, des emprunts, une retraite, des problèmes cardio-vasculaires et emballé c'est pesé, une vie bien remplie.* Je décidais donc, en toute logique, de me mettre en quête de l'amour. Ou du moins d'une femme avec qui partager ma vie. Entamant ces aventureuses recherches par " coutume " plutôt que par véritable besoin ou envie, j'étais fermé à toute forme de concession ou compromis. Très satisfait de ma vie, j'avais décidé qu'y ajouter une régulière ne m'apporterait qu'avantages sans inconvénient. Oui je sais, vous allez me traiter de gros naïf. Il y avait un peu de ça c'est vrai. Mais je préfère me qualifier à cette époque d'idéaliste amoureux. Je me lançais donc dans le grand jeu de la séduction, fidèle à moi-même, sans rôle ni comédie. Il y eut beaucoup de rencontres, il y eut beaucoup de rendez-vous et parfois il y eut même un " après premier rendez-vous ". Plusieurs fois il y eut juste du sexe. Ça ne se refuse pas quand même. Et puis " quand ça fait plaisir et que ça débarrasse"... Mais surtout, il y eut de belles relations potentielles tuées dans l'œuf par le niais de service. De folles perspectives de nuits de luxure sabordées avant le soleil couchant par ma franchise, mon honnêteté et mon sens de l'humour à la pointe de la technologie. Mon sens de l'humour tellement en avance sur son époque que très peu d'élus arrivent à le comprendre. Et parmi ces élus certains arrivent encore à ne pas en rire, troublés par la finesse de mes traits d'esprit. Un petit exemple ? Mieux que des mots. Une démo ? D'accord petits curieux.

Coralie était le genre de fille à filer la trique à un dépressif octogénaire sous Valium. La première fois que j'ai l'ai vue, j'ai de suite été excité par son regard qui disait *"je suis une cochonne"* et sa tenue qui ajoutait *"et encore, tu es loin du compte..."*. Malheureusement sa maîtrise parfaite de la moindre de ses mimiques et la sensualité trop appuyée de chacun de ses mouvements déclenchaient dans ma tête une espèce d'alarme ressemblant à un énorme panneau entouré d'ampoules rouges clignotantes et sur lequel on pouvait lire : *"Fais extrêmement gaffe mon pote ! Cette fille est un méga canon et elle en est bien consciente. Pire encore, elle a aussi conscience du pouvoir qu'elle a sur les hommes grâce à ses mensurations de Playmate. Alors par pitié, quand la petite posera ses yeux sur toi et que la plupart de ton sang se dirigera frénétiquement vers ta queue, essaie de ne pas complètement assécher ton cerveau et tente de sauver quelques neurones. Ceux qui te servent à garder ton honneur, ta fierté et ta dignité seront parfaits. Si t'arrives aussi à sauver celui qui te sert à mettre une fille dans ton lit et disparaître le lendemain matin, te prive pas mon vieux "*. J'étais averti et avais jaugé savamment mon adversaire. Je décidais donc de faire dans la finesse. La bête était joueuse et plus que probablement impossible à dompter dès le premier soir. Tout comme un joueur d'échecs, je préparais mon premier tour tout en pensant aux manœuvres suivantes. Premier coup : nous étions dans un de mes bars préférés et je devais profiter de l'avantage de jouer à domicile. Je me fis remarquer d'elle en usant de mes connaissances. Devenir habitué d'un établissement c'est un peu comme l'épouser, faut prendre la belle-famille avec. Et sa belle-famille, c'est les autres habitués qu'on finit toujours forcément par connaître. C'est plus particulièrement vrai pour les débits de boissons. À croire que les beuveries communes tissent des liens. Je me montrais donc sous mon plus beau jour, sourire aux lèvres et assurance d'un seigneur sur ses terres. Je virevoltais d'un groupe à l'autre, discutant avec tout le monde, provoquant gestes amicaux, rires et sourires. À plusieurs reprises mon adversaire et moi fûmes présentés et mêlés à la même discussion par des amis communs. À aucun moment bien entendu, je ne laissai transparaître un quelconque intérêt physique, sexuel ou amoureux. Je quittai la soirée le premier, lui lançant vite fait un sourire amical avant de sortir. Un regard intéressé souligné d'une pointe de frustration couvrit mon départ.

Deuxième coup : je la revis quelques jours plus tard au

même endroit. Je ne savais pas si la revoir aussi vite était dû à ce lieu des plus plaisant ou à ma première approche mais je conclus vite que peu importait la réponse, c'était un signe encourageant. Je fis semblant de ne pas la remarquer pendant une petite heure. Elle fit de même. Lorsque, suite à un stratégique placement de ma part, nous nous retrouvâmes nez à nez, nous feignîmes la surprise en nous saluant amicalement. Grâce à un copain imaginaire se trouvant non loin et que je me devais de saluer, je mis rapidement un terme à notre conversation de manière polie et légèrement désintéressée après le traditionnel *"Salut ça va ? Oui ça va et toi ? "*. La soirée continua. Elle me jeta des œillades subtiles. Je l'observais discrètement. Je la vis me regarder. Elle me vit la regarder. Elle quitta la soirée la première, prenant congé de la foule de prétendants qui ne manque jamais d'entourer une femme de ce calibre. En partant, elle me salua d'un sourire soutenu et un peu plus qu'amical.

Troisième coup : même scène, le vendredi suivant. C'était un de ces vendredis libérateurs à l'ambiance électrique. Le vendredi qui s'est fait longtemps attendre de tous. On sentait dans l'air que la semaine avait été dure et que les gens avaient besoin de décompresser, de se vider la tête. La musique était plus forte qu'à l'accoutumée. Une piste de danse s'était improvisée et le café fut, le temps de cette nuit salvatrice, transformé en boum pour vieux adolescents en manque de fêtes. Parmi les vieilles adolescentes en chaleur arpentant cette antichambre de la débauche, Coralie. Elle me fixait avidement, le sourire aux lèvres, ondulant, lascive et équivoque. Elle me fit signe de la rejoindre au milieu d'une foule en transe synchronisée par la musique. Elle passait à l'attaque. Je la rejoignis sans hésiter et me collai à elle, enivré par l'alcool et par sa gestuelle provocatrice. Nos corps se mirent à tourner, à se frotter, à se découvrir. Elle plaqua le bas de son ventre contre ma cuisse. Je glissai mes mains plus haut que sa taille, caressant des pouces la naissance de ses seins. Elle glissa sur mon torse, descendit lentement et s'arrêta à quelques centimètres de mon membre douloureux d'excitation. Elle éloigna doucement les mains tout en me fixant dans les yeux, satisfaite et ravie de l'effet qu'elle venait de provoquer. Nous étions saouls. Elle était chaude. Moi bouillant. Je l'agrippai par la taille et écrasai de manière contrôlée son bas ventre contre le mien. Elle dut ressentir toute la bonne volonté qu'elle provoquait en moi et que je voulais placer en elle. Son sourire se fit carnassier. Elle farfouilla dans son sac et me mit quelque chose dans la main. Elle s'éloigna ensuite vers les toilettes des dames. J'ouvris la main et y vis un petit string en dentelles et un préservatif. Échec et mat me dis-je. Je m'élançai à sa poursuite dans les waters interdits où elle nous enferma dans une cabine. J'aime quand les choses sont claires. Il n'y avait pas plus limpide. Cette fille et moi nous apprêtions à forniquer comme des bêtes. Nous étions tous les deux consentants et à peu près lucides, et tous nos efforts allaient en ce sens. Après la traditionnelle soupe de langues et un pelotage gentillet au-dessus des vêtements, j'enclenchais la deuxième. Son petit haut était tombé et sa jupe retroussée. Mes doigts embrassaient ses lèvres pendant que ma bouche caressait ses tétons. Elle gémissait et soupirait en se cabrant. Apparemment le début de ma prestation semblait lui convenir. Elle ouvrit les yeux, me regarda et me demanda pleine de désir : " tu as envie de moi ? "... Je fus interloqué par l'incongruité de la question. Elle me malaxait la bite, que j'avais tendue comme un paratonnerre depuis cinq bonnes minutes, et elle se demandait si j'avais envie d'elle ?! Mon pénis me dit : *" réponds oui et continue la suite des festivités. T'arrête pas là-dessus, tu ne cherches pas une partenaire de scrabble "*. Mais mon sens de l'humour ne l'entendit pas de cette oreille. Je stoppai caresses et succions passionnées, la regardai droit dans les yeux et lui dit avec un sérieux calculé : *" Non, mais pour toi, je veux bien faire un effort "*. Mauvaise idée. Elle me gifla, se rhabilla à la hâte, quitta les toilettes, le café et je ne la revis jamais. Surpris, frustré, mais aussi un sourire amusé en coin, je me dis *" Là, c'est échec et mat "*.

Le pire, c'est qu'en y repensant, je ne regrette même pas. Je me dis qu'un trophée de moins à mon tableau de chasse vaut bien cette sympathique anecdote. Et quelle anecdote ! Voilà qui devrait bien illustrer *" relation sabordée dans l'œuf par un trait d'humour ravageur on ne peut plus mal placé "*. Vous en voulez encore ? Un exemple de ma niaiserie maintenant ? Très bien, le client est roi.

Je draguais plus ou moins ouvertement Nadia depuis

trois à quatre soirées. Dès notre première rencontre, elle avait subtilement glissé dans la conversation qu'elle avait un petit ami, me faisant comprendre poliment qu'elle n'était pas disponible. Mais comme son attitude très tactile et son sourire provocateur me disaient le contraire, je continuais mes avances à peine dissimulées. Je connaissais bien ce genre de filles : dans une relation sérieuse mais récente, ce besoin de plaire encore bien ancré en elles, aimant séduire mais surtout être séduites, et s'arrêtant la plupart du temps avant de dépasser la limite. Je dis la plupart du temps car un peu trop d'alcool, une petite baisse de moral, une petite contrariété au sein du couple, et la limite peut être rapidement franchie. Ce qu'il faut c'est être là au bon moment. Et quand ce fut le bon moment pour Nadia, j'étais là. Après s'être croisé en discothèque, avoir fait un peu de frotti-frotta sur la piste, bu beaucoup de verres et échangé quelques mots, elle m'invita donc à repasser à son appartement me proposant le traditionnel dernier verre, aussi symbolique qu'un drapeau à damier de trois mètres indiquant le départ d'une course. Et devinez qui voulait franchir la ligne d'arrivée en premier ?

Dans son appartement, la suite des événements s'est déroulée de manière plutôt classique pour cette situation : le verre proposé n'a pas eu le temps d'être servi, la visite des lieux s'est limitée au canapé et à la chambre à coucher, et ses deux secondes de culpabilité furent exprimées par un timide *"mais j'ai un petit copain "* et un *" ce n'est pas bien ce que l'on fait "* glissé sans conviction entre soupirs et gémissements. Nous nous embrassions avidement depuis plusieurs minutes, étendus sur son édredon imprégné de son enivrant parfum. Mes mains s'activaient et avaient vite fait de découvrir ses zones les plus érogènes. Sous l'effet des caresses, je sentis son corps se contracter de plaisir et ses hanches répondre à mes appels. Elle poussa un long soupir, gorge tendue et yeux fermés. À la fin de cet hommage muet hautement gratifiant, elle entrouvrit à peine les yeux et me susurra à l'oreille, le souffle court : *"Arrête, tu me donnes trop envie "*. Ça me fit l'effet d'un électrochoc. Il faut dire aussi que j'étais à moitié bourré, et probablement sous l'effet d'un quelconque narcotique, ce qui me rendait en général légèrement parano. Des connexions se firent très vite dans mon cerveau, un discours très simple du genre *"femme dire arrête, toi stop et ciao "*. J'arrêtai donc tout : ma bouche se ferma, mes mains se figèrent et popol rompit les rangs. Je l'embrassai doucement sur le front en lui glissant un *" Tu as probablement raison "* empreint du maximum de compréhension que j'arrivais à simuler. Je me redressai et partis dans le même mouvement, ne laissant pas le temps à ma tête de remettre en question cette brusque décision. Je laissai donc Nadia étendue sur son lit, les joues roses d'excitation s'empourprant de frustration.

Je suppose que maintenant vous commencez à cerner mes… disons… quelques difficultés à conclure. Difficultés souvent engendrées, je le reconnais, par mon manque de discernement. Pourtant, avec Max, on se disait souvent que

" le monde appartient aux gens qui se lèvent tôt et aux célibataires indépendants financièrement avec une pas trop laide gueule et un minimum de bagou ". Ce n'était certainement pas le seul sujet sur lequel nous avions tort.

SIX

Pour reprendre la suite de mon histoire, disons même la suite de ma vie, je me sentais sentimentalement seul. La plupart du temps. J'étais mécontent, frustré même, de ne pas trouver la femme de ma vie. Une partie de moi l'était. L'autre partie, c'était tout autre chose. La partie qui ne voulait faire aucun compromis, aucune concession. Elle avait réalisé un jour qu'à tout instant notre célibat, et notre liberté, pouvaient prendre fin. C'est elle qui me poussait à sortir avec mes potes au lieu d'aller à un rencard, c'est elle qui me faisait fumer de l'herbe au lieu d'aller porter mes costumes au pressing et, surtout, c'est elle qui me faisait boire plus que de raison lors de mes sorties. La petite maligne, elle avait compris bien avant moi que, quand j'étais saoul, on ne risquait pas grand-chose. Je pouvais avoir mon âme sœur sous le nez qu'au premier souffle malté et à ma première phrase, en général à peine compréhensible et difficilement articulée, elle aurait bien vite pris ses jambes à son cou. Il n'y a pas plus aveugle que celui qui ne veut pas voir. Son plan fonctionnait à merveille. Pas le moindre espoir de relation sérieuse à l'horizon.

Mois et années se succédèrent, tout comme les conquêtes. Je ne restais jamais célibataire bien longtemps. Je ne restais jamais en couple bien longtemps. J'étais dans un carrousel amoureux où défilaient visages et sentiments. Je ne dirais pas que je n'ai aimé aucune des filles avec qui je suis sorti à l'époque. Bien au contraire, je les ai toutes aimées… d'une certaine manière, à ma manière : intensément. Quelques heures, quelques jours ou quelques semaines, rarement quelques mois, mais systématiquement, un jour ou l'autre, je me réveillais différent : plus d'amour, même plus de désir, plus rien. J'étais à nouveau vide. S'ensuivait une rupture souvent difficile car soudaine et incompréhensible, une période d'excès et de sorties bien arrosées pour oublier ou fêter ça. Je reprenais la chasse dès le retour de mes premières pulsions animales.

Et puis, il y eut une étrange rencontre. Agréablement étrange. Je marchais avec Max le long des trottoirs crasseux du quartier chaud du centre-ville, aux petites heures de la nuit. Nous terminions une tournée magistrale de nos bars préférés et étions à la recherche d'un repas gras et salé susceptible de nous retaper un peu. En gros, on vagabondait, titubant et chahutant, une faim d'ivrogne au ventre. C'est elle qui vint vers nous. Cette belle petite rousse que l'on devinait à peine jeune trentenaire. Pamela. Elle était habillée de manière très sensuelle, mais pas au point que l'on puisse deviner sa profession avec certitude.

- Ça te dit de prendre ton pied ? T'es assez beau gosse, je pourrais te faire un prix, ajouta-t-elle avec un sourire complice.

Je restai bouche bée quelques secondes, le temps nécessaire à mon cerveau d'analyser la situation. Il faut dire qu'en cet instant, le cerveau en question devait être plus proche du baba au rhum que du petit sablé. Il n'en fallut pas plus à Max pour prendre le premier la parole, toujours égal à lui-même. Son éloquence et son assurance ne semblaient jamais pâtir de son état physique.

- Désolé ma jolie tapineuse de nuit, mais nous sommes à la recherche d'un autre type de chair ce soir. Pourrais-tu nous renseigner un snack ou un petit resto dans le coin ?

- Tu me manques de respect et tu voudrais que je t'indique ta route en plus ? lui répondit-elle faussement choquée.

- Mais je ne t'ai pas manqué de respect, intervint Max surpris et intrigué.

- Pardon ?! J'ai juste droit à de la "jolie tapineuse", pas de madame ou mademoiselle bien sûr ! Mais à part ça, non, tu ne m'as pas manqué de respect.

Elle ne semblait pas vouloir en découdre mais s'amuser aux dépens de Max. À mon grand étonnement, il resta à son tour bouche bée devant la répartie joueuse et inattendue de son interlocutrice. Je profitai à mon tour de ce silence involontaire pour intervenir. Mon intention n'était pas de voler au secours de mon ami bien mal embarqué dans la conversation. Disons simplement que je me pris au jeu, devant l'assurance et la sympathie qui se dégageaient de

Pamela. Elle était très belle, délicieuse, peau claire et visage pâle parsemé de petites taches de rousseur soulignant des traits harmonieux. Mais ce qui me séduit le plus, c'était sa prestance. Elle se tenait face à nous tel Peter Pan face à Crochet, un sourire de défi au coin des lèvres et le regard de celle qui est un peu trop naïve pour assimiler toute notion de peur et de danger.

- Nous avons beaucoup de respect et d'admiration pour les prostituées. Nous sommes bien conscients que vous faites un métier dangereux et très difficile. D'ailleurs, j'ai souvent eu l'envie de louer les services d'une de tes collègues pour toute une nuit, mais à la place de coucher avec elle, je l'emmènerais boire un verre, au restaurant, ou bien juste passer la nuit à discuter. Je me dis que, de cette façon, c'est comme si je lui offrais une journée de congé payé.

Et ce fut au tour de Pamela de rester perplexe quelques secondes. Je venais d'éveiller son intérêt, à ma grande satisfaction. Mais elle avait de la ressource et ne resta pas muette longtemps.

- T'es bizarre comme type, dit-elle en me toisant. Et qu'est ce qui t'as empêché de le faire ?

- Vos services pour toute une nuit ce n'est pas donné. J'ai bien essayé de négocier le prix en jouant sur le fait qu'il n'y aurait pas de sexe, mais rien à faire. Vous êtes dures en affaires.

- C'est tout à fait normal ! Et le manque à gagner alors !?

- Ah bon ? Et pour moi ? Et le manque à baiser alors !

Surprise de ma réponse, elle me jaugea rapidement et se mit à rire.

- Je t'aime bien toi. Pour une nuit de congé payé, je suis prête à te faire un prix… disons septante-cinq pourcent ?

- Cinquante pourcent mais je paie tout : le resto, l'hôtel et de quoi boire et fumer toute la nuit.

- D'accord ! Et c'est moi qui choisis le resto...

- Marché conclu, lui dis-je tout en lui serrant la main pour sceller notre arrangement.

Et nous partîmes bras dessus bras dessous, comme un vieux couple mais tous deux curieux et impatients de découvrir ce qu'allait révéler cette nouvelle expérience. Max nous regarda nous éloigner, sans un mot, fier de moi.

Nous ne fûmes pas déçus. Ce fût une nuit merveilleuse, comme une révélation. Notre contrat verbal était certes nébuleux sauf sur un point précis : il n'y aurait pas de sexe. Dès lors, je ne cherchais pas à la séduire. Elle non plus. Nous discutions d'égal à égal, sans tabou ni peur de déplaire. Elle choisit un petit restaurant italien sans prétention. Nos conversations passèrent rapidement du blabla superficiel et habituel à un échange honnête et à cœur ouvert, le tout bercé par l'ambiance chaude et intime de l'établissement. Après le repas nous nous sommes promenés une heure, main dans la main. Comme un couple normal. Peut-être était-ce ce que nous recherchions l'un et l'autre. Les trottoirs filaient sous nos pas avec autant de fluidité que les mots sortant de nos bouches. Nous alternions écoute et confidences avec une harmonie toute naturelle. Notre conversation ne se tarissait pas.

Je m'étonnais de me voir si loquace, et si honnête avec une femme. Non pas que je les considérais jusque-là comme des êtres inférieurs ou l'ennemi de la gent masculine, je les voyais plutôt comme des êtres différents. Une sensibilité différente, des ambitions différentes et des loisirs différents. Mais cette première nuit avec Pamela était en train de tout remettre en question. C'était comme si une évidence qui avait été toute ma vie sous mes yeux m'apparaissait enfin. Et si nous n'étions pas si différents. Et si, réellement, les seules choses qui nous séparaient étaient une paire de seins et un système reproducteur externe de vingt-quatre centimètres, dans mon cas. Oui je sais, je me vante. Mais c'est moi qui raconte, j'ai le droit de romancer. Même si ce n'est que de deux centimètres !

Trêve de plaisanterie, revenons-en à ma bergère. Après la promenade, nous avons pris une chambre d'hôtel et une bouteille de champagne pour finir la nuit. Nous nous sommes retrouvés sur le lit, enlacés, à nous câliner tout en continuant à discuter. Je lui passais doucement la main dans les cheveux et caressais délicatement son visage et ses bras. Elle répondait par de légers sourires et de rapides baisers déposés à la hâte sur mon front, mes joues et même à la commissure de mes lèvres. Nous étions tous les deux en manque de tendresse. Dans le beau sens du terme, rien de sexuel. Du moins les premières heures. Puis Pamela voulut me faire l'amour, pour me remercier pour cette belle soirée. Je lui rappelai que si elle couchait avec moi ce ne serait plus vraiment un jour de repos. Elle sut me convaincre en m'expliquant que, pour elle, la plus belle façon de finir un congé serait de coucher avec un homme parce qu'elle le veut, et non parce qu'il la paie. Le sexe avec Pamela, en plus d'être très plaisant, fut des plus instructifs. L'alchimie de la soirée se prolongea. Nous continuions de communiquer tout en couchant ensemble. Nous n'avions pas peur de dire ce que nous ressentions ni d'amener notre partenaire là où nous voulions qu'il aille. Nous étions aussi avides de conseils que de leurs mises en pratique. Tour à tour égoïstes et abandonnés, nous n'étions pas pressés. Nous nous délections de chaque tâtonnement amoureux et, assimilant chacune des recommandations, nous ne manquions pas de les suivre. Nous nous réjouissions des rapides progrès et des vagues de plaisir qui les escortaient.

Cette nuit-là, j'appris beaucoup grâce à Pamela. Cette nuit-là et toutes les autres nuits, car il y en eut d'autres. Nous avions décidé de respecter les règles du genre : ce serait une relation professionnelle, donc je payais pour sa compagnie. Ensuite, seule Pamela décidait si nous couchions ensemble ou pas. J'avais en quelque sorte engagé une copine de baise professionnelle. Nous nous voyions environ une à deux fois par semaine. Je devais l'appeler, comme convenu au début. Mais très vite, elle se mit aussi à m'appeler, pour me signaler quand elle avait des soirées qui se débloquaient, ou simplement pour prendre de mes nouvelles quand je restais trop longtemps sans la voir. Les quatre ou cinq premières nuits que nous avons passées ensemble furent assez similaires : resto, promenade, hôtel, champagne, sexe. Notre entente était toujours aussi parfaite, complice et transparente. Nous avons un jour décidé qu'il n'était pas nécessaire d'aller au restaurant ou à l'hôtel à chacune de nos rencontres. Et c'est comme ça qu'un soir, Pamela débarqua chez moi les bras chargés de provisions pour nous préparer un bon repas. Elle avait aussi loué deux films, un film d'action et une comédie romantique. Ce fut une belle soirée. Nous avons préparé le repas ensemble, plaisantant à propos de la forme des légumes. Après avoir soupé autour d'une chandelle et d'une bouteille de vin, nous nous blottîmes l'un contre l'autre dans le canapé. À peine le temps pour Jennifer Aniston de tomber amoureuse de son nouveau prétendant que nous étions dans la chambre. Nous fîmes l'amour très professionnellement, sans avoir besoin de parler, chacun sachant très bien quelles étaient ses tâches. Le lendemain matin, au réveil, Pamela était blottie contre moi, endormie et souriante. L'illusion créée par l'argent échangé lors de nos rendez-vous venait de se dissiper. Le " professionnel " de notre relation venait de voler en éclat. Pamela gémit et se serra un peu plus contre moi. Je me suis dis : *" Ca devient glauque "*...

SEPT

Il est presque quinze heures. Un départ annoncé par les haut-parleurs me sort de mes rêveries paresseuses de l'après repas. Je me suis longtemps demandé si cette voix métallique n'était tout simplement pas un enregistrement créé par un ordinateur sans âme. Quand j'observe les voyageurs se mettre en mouvement à ses appels, tel un troupeau guidé par un berger invisible, je ne peux m'empêcher de voir une certaine similitude avec d'anciennes lectures de science-fiction. Le genre d'œuvre à tendance western post-apocalyptique, où d'antiques robots infernaux dirigent d'une poigne de fer (au sens propre en l'occurrence) les quelques survivants. Le tout, bien entendu, avec comme toile de fond un monde qui, suite à un cataclysme, est devenu aride et propice aux fusillades. Ensuite, à qui le tour ?

Mais au fil du temps, j'ai réussi en de rares occasions à saisir quelques indices de son humanité. Au début j'ai juste perçu de légères traces de fatigue ou de stress dans ce timbre pourtant froid et professionnel, à la limite du biblique. Il y eu le bégaiement. À peine un début de bafouillement, mais suffisant pour dissiper mes derniers doutes. Cette femme, sans âge ni visage, existe bel et bien. La seule employée de la gare que je n'ai encore jamais vue. Alors que paradoxalement, c'est elle que j'entends le plus. À la longue, elle est devenue comme un bourdonnement ambiant auquel je ne prête attention que de manière distraite et peu convaincue. Aujourd'hui c'est différent. Maintenant c'est différent. Peut-être est-ce parce que j'étais en train de ressasser le passé, mais il me semble avoir perçu un accent familier. Ou était-ce juste une intonation déjà entendue ? Une simple voyelle allongée plus que de raison ? Je ne saurais le dire. C'est encore plus frustrant.

À force de venir ici, j'ai exploré presque tous les coins et recoins de la gare. J'ai même à plusieurs reprises tenté de localiser l'endroit d'où émettait l'invitée mystère, sans succès. Néanmoins mes recherches me permirent de tirer une indubitable conclusion : son antre n'est pas accessible au public. Il ne me reste donc plus qu'à visiter les parties de la gare réservées au personnel. Le jour de notre rencontre est peut-être arrivé.

En route mauvaise troupe. Je quitte mon banc et me dirige en bout de quai, vers les escaliers menant au long couloir souterrain. Une vague de chaleur m'accueille dès mon arrivée dans ce grand corridor bardé de petites boutiques. Je décide de flâner un peu, l'air de rien. Quinze heures trente approche. Le début du tumulte des heures de pointe me sera utile pour m'introduire discrètement en ces endroits interdits au commun des voyageurs. Il ne me reste plus qu'à attendre que la couverture de monde soit assez épaisse pour dissimuler mon futur méfait. Je ne me sens pas d'humeur à traîner à la librairie, à lire les gros titres des journaux et magazines. Rien de tel pour vous saper le moral. Je préfère conserver ce nouvel élan d'enthousiasme loin des tragédies du monde. Les autres vitrines ne me tentent pas plus. Il faut dire qu'à la longue, je les connais par cœur. Je continue mon chemin le plus nonchalamment possible, tentant de cacher mes intentions à des guetteurs invisibles que je suis le seul à imaginer. Le vent froid me fouette le visage à chaque escalier menant aux quais. L'escalier principal approche, celui qui mène au hall d'entrée, sur la droite et, un peu plus loin, en face de moi, je vois la fin de la galerie. Et là, au bout, se dessine une porte discrète, mon objectif du jour. Une porte réservée au personnel. Mais il n'est pas encore temps et j'essaie de ne pas trop laisser traîner mon regard en direction de cette terre promise. J'entame la montée des marches, mon plan d'action déjà en tête : aller au café de Susy, qui se trouve justement près de la porte. Ensuite attendre que le flot des voyageurs augmente, me glisser dans un groupe se dirigeant vers les quais, laisser ce groupe me dépasser dans les escaliers et bifurquer discrètement vers l'objectif. Et là… j'espère qu'elle ne sera pas fermée. Sinon… improvisation. Bon d'accord, c'est nul comme plan, mais je ne dois pas braquer une banque non plus.

Les escaliers se terminent et m'expulsent directement en plein centre névralgique de la gare : le grand hall, comme je l'appelle. Le hall des opposés. On peut voir de tout ici, d'un extrême à l'autre : des gens pressés en train de courir et des gens qui s'ennuient à mourir. Des gens qui arrivent et des gens qui partent. Des gens qui travaillent et des vacanciers. La chaleur lourde d'un lieu public surchauffé et le froid hivernal s'engouffrant à chaque battement des portes d'entrée automatiques. Même la lumière artificielle semble combattre la lumière du jour au milieu de ce champ de bataille. C'est, entre autre, pour ça que j'aime tellement aller chez Susy. En plus du spectacle offert par sa clientèle et son personnel, s'offre à moi ce champ de tous les possibles. Je n'ai qu'à m'installer confortablement à ma petite table habituelle, près de la grande baie vitrée, et profiter du spectacle.

Alors que j'entre et m'apprête à m'installer, je constate avec contrariété que ma table est occupée. Deux jeunes hommes, tirant doucement sur la trentaine, sont installés face à face et semblent discuter de choses sérieuses. Je prends place à proximité, discrètement, de manière à pouvoir les voir et entendre ce qu'ils se racontent. Vu qu'ils m'ont privé de mon observatoire, ils vont devoir satisfaire mon besoin de distraction. Et là, je suis curieux. Tous les signes montrent que le sujet est grave. Ils sont à l'aise et détendus l'un avec l'autre, donc ce sont des amis très proches. Des " meilleurs potes " je dirais même. Vu l'heure, ils ne sont pas là pour faire la fête, ni pour draguer les filles. Ils ont choisi un endroit à l'écart du passage, donc ils doivent parler de choses qu'ils préfèrent tenir hors de portée des oreilles des quidams, mais pas assez secrètes pour éviter les lieux publics. La bière forte devant chacun me confirme que le sujet est grave, tellement grave qu'il nécessite une légère euphorie alcoolique pour pouvoir en discuter. Mesdames et messieurs, j'ai l'honneur de vous annoncer que nous sommes ici en présence d'un phénomène de société très rare et nous avons la chance d'être au premier rang pour l'observer. Deux beaux spécimens d'hétéro erectus se sont réunis dans un endroit discret afin de parler de sentiments. Profitez-en bien, ça ne nous arrive que deux à trois fois dans une vie, et rares sont les témoins qui peuvent, et veulent, se vanter d'y avoir assisté.

Si je sais si bien de quoi je parle, c'est parce que j'ai eu moi aussi plusieurs conversations de ce genre avec Max. Je me rappellerai toujours d'une de ces conversations, " La conversation ". Non pas que ce fût la plus importante, mais plutôt que celle-là résume parfaitement toutes les autres. Tellement typique. Tellement Max.

Nous devions avoir à peu près le même âge que nos deux petits rats de laboratoire. J'avais rencontré Lola quelques semaines plus tôt et je n'arrivais plus à me la sortir de la tête. Pire encore, je ne savais même pas comment la retrouver. S'il n'y avait eu que cette contrariété, je n'aurais pas convoqué Max pour une réunion au sommet. Mais ce matin-là, j'avais compris que ma relation avec Pamela dépassait le cadre professionnel. Je n'arrivais même pas à me convaincre que je me faisais des idées. De toute évidence Pamela s'attachait sentimentalement à moi. Ce qui me mettait le plus mal à l'aise, ou plutôt, ce qui m'avait carrément fait flipper, c'est que moi aussi je m'attachais à elle. D'une certaine manière.

Je me sentais un peu dépassé par les événements et avais besoin d'un ami pour m'aider à prendre les bonnes décisions. Malgré cela, je ne sais pas pourquoi je m'entêtais à le choisir pour ce rôle. Max ne m'aidait pas à prendre les bonnes décisions, mais Max m'aidait quand même à prendre des décisions. Vous saisissez la nuance ? Il ne faut jamais oublier que les conseilleurs ne sont pas les payeurs et bien garder à l'esprit que les conseilleurs sont souvent un peu voyeurs. Mais jugez plutôt par vous-même…

HUIT

Ce que j'ai toujours aimé chez Max, c'est qu'il était toujours là pour moi. Toujours disponible. Peu importait le jour ou l'heure, si j'avais besoin de lui, il était là. Et il était ponctuel. Plus que ponctuel même. Que j'arrive à nos rendez-vous avec vingt minutes de retard ou un quart d'heure d'avance, il était déjà là, à m'attendre sourire aux lèvres et verre à la main, avide d'entendre mes mésaventures amoureuses ou mes tourments quotidiens. Le jour de " La conversation " il nous avait choisi une table de circonstance, intime et confortable. D'instinct il avait compris que j'avais besoin de vider mon sac. Je pris place sans que nous n'échangions un mot. Nous avions notre petit rituel. Après avoir commandé et reçu une bonne dose d'alcool fort pour encourager ma loquacité, nous étions enfin dans de bonnes dispositions pour parler d'homme à homme. Et je dis ça dans le sens le plus amical et hétérosexuel du terme. Comme c'est moi qui lui avais demandé de venir, c'était à moi de briser notre silence convenu. Il n'était pas dans mes habitudes de tourner autour du pot. Je rentrais donc dans le vif du sujet grâce à une de ces merveilleuses phrases voulant tout dire et rien du tout à la fois.

- J'ai rencontré une fille.

Max n'était pas du genre à tirer les vers du nez des gens, ni à les bombarder de questions. Loin de là. Il me fixa une seconde ou deux, hocha légèrement la tête me faisant comprendre qu'il avait saisi la gravité de la situation, but une gorgée de sa bière, puis hocha légèrement un sourcil pour m'encourager à développer.

- Je lui ai à peine parlé deux minutes mais, depuis, elle m'obsède complètement.

Max essaya à peine de contenir un sourire d'amusement. Il reprit son sérieux rapidement, prêt à entendre le " mais ", car lui et moi savions très bien que si nous étions là, il devait forcément y avoir un " mais ".

- Mais le problème c'est que je ne sais pas comment la revoir. Je n'ai pas son numéro de téléphone, d'ailleurs je ne connais même pas son nom.

Ce n'est qu'à notre deuxième rencontre que j'appris le prénom de Lola. Mon confident pris conscience du problème et se décida finalement à intervenir.

- Tu l'as rencontrée où ?

- Au Drum-And-Bar. C'était un jeudi. Je venais juste de regarder l'horloge située au dessus du comptoir, il était 22 heures 22. Ça va faire un mois. J'y ai passé tous mes jeudis soirs, j'ai essayé d'autres soirs de la semaine, j'ai essayé en journée, dans l'après-midi et même le matin. Mais pas moyen de la revoir. Et les clients vont bientôt croire que je fais partie du personnel.

Sur ces paroles, j'émis un long soupir de désespoir et bu une gorgée de whisky, ne me rendant compte qu'après coup de l'aspect emphatiquement théâtral de mon attitude. J'eus presque envie de rire de moi, apathique pathétique. Je me repris rapidement devant le silence obstiné de Max m'encourageant à tenir seul le crachoir.

- Je me suis même renseigné auprès du personnel et des clients habituels, mais personne ne semble la connaître. Et puis, je n'ose pas trop jouer au détective, si par hasard elle apprend qu'un homme se renseigne à son sujet et semble guetter son arrivée, elle risque d'en conclure que je suis plus un serial killer qu'un Roméo éperdu.

La première réponse de Max fut de recommander à boire. Après avoir attendu dans un silence imprégné de réflexions que nous fussions servis, il se décida finalement à parler.

- Je crois que tu devrais arrêter d'essayer de la revoir. C'est toujours quand on cherche quelque chose que l'on n'arrive pas à mettre la main dessus, et, quand on n'y pense plus, hop, ça vous tombe sous le nez.

Cas flagrant de psychologie de comptoir... Le pire c'est qu'il avait raison. Je revis Lola la semaine suivante, tout à fait par hasard et dans un endroit auquel je n'aurais jamais pensé. Mais à ce moment, ni lui ni moi ne le savions. Et pourtant, pour Max, le sujet était clos. J'enviais sa vision épurée des choses. Voire simpliste. Pour lui le cycle de la vie était très simple : besoin, efforts tendant à la satisfaction du besoin et, enfin, satisfaction du besoin. Pas de doute, pas de réflexion inutile et surtout aucune intellectualisation. Dans cet esprit, il a toujours adoré les phrases toutes faites et autres dictons populaires. Après la pluie vient le beau temps... C'est que ça ne devait pas se faire... Et surtout l'incontournable " Une de perdue, dix de retrouvées ". Dix de retrouvées, et cent fois les oreilles rabâchées oui ! Il adorait aussi les métaphores, sa grande passion. Plus la comparaison était saugrenue, et plus il prenait plaisir à me dévoiler sa dernière trouvaille. Par exemple, un jour il a sorti : *" En politique, peu importe pour qui on vote, au final on se fait toujours baiser. La seule chose qui change, c'est la position. T'as ceux de gauche qui se laisse grimper dessus quand ils ont besoin de quelque chose. Ceux de droite qui te font un bon missionnaire à la pépère, en prenant bien soin de ne pas t'écraser et de te murmurer des mots doux, mais dès que l'affaire est faite... plus personne. Et enfin, les extrémistes, eux te font une bonne sodomie à sec, sans état d'âme et en te disant que c'est pour ton bien "*. Ça c'est du tout bon Max. Ce jour-là, il m'en avait préparée une très jolie aussi. Après lui avoir parlé du cas Pamela, il prit la parole avec son ton grave de philosophe à trois sous.

- Tu sais, la vie c'est comme une piscine : quand t'es en train de te noyer en plein milieu, le plus important, ce n'est pas de choisir le bon bord, le plus important, c'est de choisir un bord et de t'y tenir. Parce que si tu restes trop longtemps à tourner en rond, ou si tu fais demi-tour toutes les deux brasses, alors là, t'es sûr de couler.

Quand je vous disais qu'il ne m'aidait pas à prendre la bonne décision, mais qu'il m'aidait à prendre une décision. Toute la nuance est là. Avec le recul j'ai compris le vrai but du langage imagé de Max. Ce n'était pas de m'orienter mais de m'apaiser. Et c'est de même pour toutes ces expressions passe-partout que tout le monde assène sans état d'âme au premier quidam exposant un problème personnel. Et vous savez quoi ? Je crois que, la plupart du temps, il ne nous en faut pas plus. Juste une petite tape sur l'épaule pour nous sortir de nos rêveries, et pour nous aider à parcourir le premier centimètre jusqu'au bord de la piscine. Le centimètre décisif.

Parfois, c'est beaucoup plus rare, il suffit d'un peu de temps pour que les choses s'arrangent d'elles-mêmes. Il suffit de patienter et une gentille vague vient vous soulever et vous poser délicatement les fesses sur le bord de cette foutue pataugeoire. C'est ce qui s'appelle avoir le cul bordé de nouilles. Et bien, imaginez que le petit geignard en face de Max était loin de penser que c'était son cas. Et encore, je dirais même que j'ai eu le cul bordé de tagliatelles sauce aux truffes, avec supplément " copeaux de foie gras " ! Figurez-vous que, trois jours plus tard, Pamela me téléphona. Elle voulait me remercier de la soirée que nous avions passée. Elle me dit que ça lui avait fait comprendre qu'elle avait maintenant besoin de mener une vie normale, avec un homme à la maison. Elle était donc décidée à retourner dans son village, où un travail l'attendait dans la boite de son père. Son amour de jeunesse aussi l'attendait. Pendant toutes les années que Pamela avait vécu en ville, ils n'avaient jamais cessé de correspondre. Et maintenant, il était très heureux de son retour et, surtout, très célibataire. Quant à moi, je la remerciai aussi pour ce qu'elle m'avait appris. Une nouvelle façon de me comporter avec les femmes. Non pas d'égal à égal, mais de semblable à semblable. Franchise, honnêteté, complicité… Je n'étais pas sûr d'en avoir bien saisi tous les concepts, mais j'étais bien décidé à passer de "Danse avec les loups" à "Ma vie en rose". Et puis, une semaine exactement après notre premier rendez-vous, il y eut ma deuxième rencontre avec Lola. Et quelle rencontre… Sauce aux truffes je vous disais.

NEUF

Un imperceptible changement d'atmosphère me ramène à maintenant. Dans le grand hall, la foule croît de concert avec le brouhaha ambiant. Il est temps. Le personnel de la gare est aux aguets, anticipant l'heure de pointe et sa brusque augmentation de clientèle. Je quitte le café sans que l'on me remarque. Je jette un dernier coup d'œil à Lucie, la serveuse, zigzaguant entre les tables qu'elle débarrasse, frotte et bichonne. J'aime les serveuses comme Lucie, avec un côté " maman poule ", qui s'acharnent à rendre un mobilier brut bas de gamme le plus douillet et confortable possible, tout ça pour les coudes des voyageurs éreintés qu'elle ne connaît même pas. Quant à Susy, la patronne, elle n'est pas en salle. Elle profite sûrement de sa dernière cigarette avant un bon moment. Désavantage d'un établissement plein à craquer deux à trois heures durant.

Une fois sorti, l'agitation me confirme que le moment est propice. L'avantage des portes automatiques c'est qu'elles découpent un flot presque continu de personnes en petits groupes compacts, un peu comme un robinet mal fermé qui goutterait paresseusement. Je me glisse derrière la dernière goutte et la suis jusqu'au bas des escaliers où je bifurque vers le fond du couloir, avec tout le naturel qui sied à mon projet. Bien entendu, je suis le seul à m'être dirigé vers le cul-de-sac. Voilà enfin la porte du personnel et… une porte à code ! Merde. J'entends déjà les prochains voyageurs descendre les grands escaliers. J'ai très peu de temps avant de me faire repérer. Il va falloir passer entre les " gouttes ". Un petit pavé numérique, un écran ne pouvant contenir que quatre chiffres. Bon c'est une porte pour le personnel, je suppose que beaucoup de personnes l'utilisent, il ne doit pas s'agir d'un code difficile à retenir. Je tente 1111 et tape sur la touche Enter... Un bip contrariant m'annonce l'échec de ma tentative. Ç'aurait été beaucoup trop facile, même moi je n'y croyais pas. 1234… Bip. 6969… Bip. Pourtant il était facile à retenir celui-là. Le bruit du prochain groupe s'intensifie. La voix des haut-parleurs annonce l'arrivée du train de quinze heures quarante-cinq. Un visage me vient à l'esprit, Lola… 22 heures 22 heures… Distraitement, je tape 2222… Un bruit métallique se fait entendre et la porte se déverrouille. Ça alors ! Je m'y glisse rapidement alors que les premiers éclats de voix retentissent dans mon dos. Quel coup de chance. Ou plutôt quelle inspiration divine. Merci mon ange !

Un long corridor aux néons blafards s'offre à moi. Le carrelage est terne et la couleur des murs passée depuis longtemps. Personne. J'avance silencieusement, les sens aux aguets. Un léger bourdonnement provient d'une première porte à ma droite. Un panneau explicite me dissuade d'y rentrer, sous peine de recevoir un éclair sur ma tête. Une salle de maintenance probablement. Je continue et dépasse les toilettes réservées au personnel. Aucun bruit de conversation entre collègues, de lavages de mains ou de déjections corporelles odorantes… Je continue. Un peu plus loin, le couloir bifurque vers la droite. Un rapide coup d'œil… Toujours personne. J'avance prudemment et souris à la vue d'une grosse machine fatiguée accrochée au mur : la pointeuse détestée de tant de travailleurs. Ce qui me fait sourire, c'est moins la vue de cet appareil que son emplacement, juste après les toilettes. Quel beau témoignage du sentimentalisme du patronat moderne. Mais de quoi discutent les pontes pour prendre de pareilles décisions ?! *"À partir de maintenant, la pointeuse sera à côté des toilettes ! Faudrait pas qu'ils prennent deux minutes sur leur temps de travail pour aller pisser quand-même ! Déjà que l'autre jour j'en ai chopé un en train de chier pendant son service. Ce n'est quand même pas difficile de contrôler son transit pendant huit heures plus les trajets. D'ailleurs prochaine étape, on supprime le papier toilette. Et si les syndicats font de leur nez, faites comme d'habitude : filez une promotion aux délégués, et si ça ne suffit pas virez-les "*. Le pire c'est que je déconne, mais je ne pense pas être si loin que ça de la réalité.

Fini de rêvasser maintenant. J'en oublie presque où je suis et, surtout, que je n'ai rien à foutre là. La deuxième partie du couloir ne fait pas plus d'une vingtaine de mètres et se termine par une nouvelle porte à code. Il y a fort à parier qu'ils aient utilisé la même combinaison pour les deux portes. Croisons les doigts. Quand même, quel coup de bol, je n'en reviens toujours pas ! Qui a dit qu'il n'y avait ni coïncidence ni hasard ?

Un reflet sur le mur de droite attire mon attention. Quelques pas avant la porte se trouve une espèce de vitrine sur le mur. Je m'approche sans bruit. Ce n'est pas une vitrine mais plutôt une espèce de guichet. De la musique classique se propage par une série de trous à hauteur de visage et destinés à faciliter la communication entre les interlocuteurs de chaque côté de ce dispositif. Il y a donc quelqu'un de l'autre côté. Je tente à nouveau un regard furtif. Un garde me tourne le dos. Il est assis sur une chaise, jambes étendues. Un léger ronflement me signale que le lascar est en train de dormir. Tant mieux pour moi. Je passe devant la vitre sans le quitter des yeux. Il n'est plus tout jeune. Et plus tout maigre non plus. Deux jolies brioches dépassent de chaque côté du dossier de son fauteuil. Des cheveux gris et un bout de barbe assortie m'indiquent que notre homme ne doit plus être très loin de la retraite. Il est endormi devant une petite télé diffusant un programme musical. Un gros trousseau de clés pend à sa ceinture. Des clés alors que la plupart des serrures sont électroniques… Mais quel stéréotype ambulant. Ça doit faire partie de la panoplie. J'ai l'impression d'avoir déjà vu cette scène des dizaines de fois dans des films de série B.

L'obstacle est franchi sans incident et voilà déjà le suivant.

Porte identique, boîtier numérique identique et code… 2222… Bip… Pas identique! Et merde...

- Je peux vous aider?

Je sursaute et me retourne d'un bond. Le garde se tient face à moi. Il ressemble au père Noël qui se serait déguisé en agent de sécurité. Son attitude n'est en rien menaçante. Bien au contraire, il semble même amusé de la situation. Quant à moi, je me sens gêné comme un gamin qui se serait fait prendre en train de tricher aux examens.

- Je me suis perdu, parvins-je à peine à dire sans trop bafouiller.

- Et c'était avant ou après avoir fait le code de sécurité de la porte sur laquelle est indiqué en grand "Accès réservé au personnel"?

Il sourit de plus belle, me toisant, raide comme la justice, les poings sur les hanches, d'un regard chaleureux et taquin. Sa face joviale m'apaise. Je ne sais pas pourquoi, mais il me parait tout à coup impossible de lui mentir. Comme si baratiner cet homme respirant la bonté était un péché divin. Et pas le style de péché "Tu ne seras pas vilain avec ton prochain", mais plutôt le péché honteux du genre "Tu ne niqueras pas la femme de ton frère pendant sa chimio".

- La voix qui annonce les arrivées et les départs dans les hauts parleurs m'a semblé familière. Et comme je n'avais rien d'autre à faire, j'ai tenté cette petite expédition pour m'en assurer.

Je ne sais pas si jouer la carte de la franchise était une bonne idée. Il va sûrement me prendre pour un fou. Ses sourcils se froncent légèrement et il me toise, pensif. Après quelques secondes interminables de cette drôle d'inspection, il retrouve son faciès chaleureux. Je respire.

- Je ne sais pas pourquoi mais je te crois mon gars.

Je suis soulagé. La chance continue à me sourire. Après le code de la porte, voilà que je tombe sur le garde de gare le plus gentil du monde. L'espoir renaît. Tout semble se mettre en place pour que je la rencontre enfin. Je suis sur un petit nuage muni d'une pompe à bière. Je m'imagine en héros de comédie romantique aspergée d'eau de rose. Le personnel de la gare, ému par le côté éperdu de ma quête, va tout mettre en branle pour que je la retrouve. Et arrivé enfin devant la porte de son bureau, sous des dizaines d'yeux emplis d'émotion et croisant les doigts pour moi, je l'ouvrirai d'un geste franc. Et elle sera là… L'amour de ma vie… Lola… Mon aimée enfin retrouvée. Et nous sauterons littéralement dans les bras l'un de l'autre et…

- Je te crois mon gars et je vais même te faire gagner du temps. La dame au micro, comme on la surnomme ici, s'appelle Magda. Magda a cinquante-quatre ans et vit seule. Il y a sept ans, son mari s'est suicidé. Suite à ça, Magda a fait une grosse dépression et a vécu recluse chez elle pendant presque trois ans, sans aucun contact social. Magda n'a jamais eu d'enfant et n'a plus de famille. Depuis qu'elle travaille ici, elle ne s'est liée à aucun employé et, à ma connaissance, ne sort pas et ne fréquente toujours personne. Alors, sans être devin, je crois bien que Magda ne doit pas être celle à qui tu t'attendais, je me trompe ?

- En effet, répondis-je sans parvenir à cacher ma déception.

- Je te raccompagne, dit-il me désignant la sortie d'une main et me tapotant affectueusement l'épaule de l'autre.

Je me mets en marche. Le beau voile d'illusions disparait derrière moi. Mais quel stupide rêveur je fais. À quoi je m'attendais ?

- Mais au fait, comment as-tu fait pour passer la première porte ?

- Coup de chance.

Je ne voyais pas quoi répondre d'autre. Il acquiesça sans paraître s'étonner le moins du monde.

- Comment se fait-il que le code de la première porte soit différent du code de la deuxième ?

Comme il semble ouvert au dialogue, autant en profiter. Je ne perds rien à demander de toute façon. En tout cas ma question semble beaucoup l'amuser.

- Tu sais, ces sécurités sur les portes ne sont pas destinées à en empêcher l'accès. Elles sont destinées à laisser entrer les gens qui doivent entrer, et laisser dehors ceux qui n'ont rien à faire plus loin. Donc on pourrait dire que cette porte et ta chance ont décidé aujourd'hui que tu devais arriver jusqu'à moi, mais pas que tu ailles plus loin.

Et il accompagne ses paroles d'un large sourire, faisant frémir toute sa barbe. Je ne décèle aucune ironie ou sarcasme chez lui, pourtant je ne peux m'empêcher de penser qu'il se fout un peu de ma gueule. Il m'ouvre la porte et je rejoins l'artère souterraine publique avec des pieds de plomb.

- Si à l'occasion tu t'ennuies, repasse tailler une bavette.

Mais plus question de passer par la porte de service, va à l'accueil et demande monsieur Delporte, Pierre.

- Merci, je n'y manquerai pas. Vous êtes un saint, Pierre, répondis-je avec un sourire en coin, satisfait de ma petite note d'humour.

- Hahaha, on ne me l'avait jamais faite, celle-là.

Cette fois, je décèle du sarcasme. Il me lance un dernier regard bienveillant et referme la porte. Étrange, ce type. J'avoue que cette rencontre m'a un peu perturbé. J'ai besoin de m'asseoir. J'ai besoin de souffler. J'ai besoin de quelque chose de stable... J'ai besoin de mon banc.

DIX

L'heure de pointe se termine. Le quai se calme lentement, tout comme moi devant la promesse de cette quiétude retrouvée. La gare se vide. Une jeune femme attend seule, debout. Elle est très belle et semble perdue dans ses pensées. Un jeune homme un peu plus loin l'observe plus ou moins discrètement, depuis plusieurs minutes. De toute évidence, la fille est à son goût et il hésite à tenter une approche. Dernier coup d'œil au tableau d'affichage et il se décide finalement à se diriger vers elle. Il parvient à maintenir une démarche plus ou moins décontractée et lui adresse la parole le plus innocemment du monde. Elle regarde sa montre et lui répond. C'est l'heure de la réplique fatidique. Il doit enchaîner une phrase pour tenter de prolonger la conversation. La réponse sera soit un poli encouragement à poursuivre son approche soit un " pas intéressée " dans un emballage de distances et de froideur. Il se lance. À peine quelques mots qu'il ponctue d'un sourire et elle sourit aussi. Bien joué, mon vieux. Elle s'adresse à lui et je devine à son expression qu'elle lui pose une question. C'est elle qui relance la discussion. Mais plus important encore : le petit pivot. Elle tourne, d'un quart de tour à peine, mais juste assez pour lui faire face. Elle est ouverte au dialogue. Ce n'est pas encore gagné mais c'est un bon départ. La bonne vielle technique du " T'aurais pas l'heure ? ". C'est souvent les méthodes les plus simples qui sont les plus efficaces. Le problème, c'est que, quand on est quelqu'un de très compliqué, faire simple n'est pas si évident. Enfin, je ne suis pas si complexe que ça, mais j'intellectualise beaucoup. Trop. Beaucoup trop. Quand vous devez prendre une décision, voir tous les tenants, les aboutissants, les pour, les contre, les si et les peut-être, ça ne vous aide pas forcément. D'ailleurs, ne serait-ce pas de plus en plus fréquent à notre époque. Qui pense beaucoup agit moins ? Je me rappelle, quand j'étais enfant, je n'avais peur de rien. Je ne réfléchissais pas. J'étais capable d'attraper n'importe quelle bestiole à main nue : grenouilles, souris, lézards, araignées, tritons et j'en passe. Maintenant je n'oserais plus. Je pense aux morsures, aux maladies, à la douleur, aux infections, à la consistance de leur peau, aux microbes, aux bactéries, etc... Je pense donc je suis ? Je pense donc je suis un être pensant ? Moi je dis " Qui dit penseur, dit mauvais acteur ". Et combien êtes-vous dans le cas ? Pensez-y… ou plutôt, n'y pensez pas !

Voilà qui me ramène à ma rencontre avec Lola. Max insistait depuis des semaines pour que je l'accompagne en boite de nuit. Il savait pertinemment que je détestais ça mais il s'était donné pour mission de me faire changer d'avis. Et avec des arguments bien à lui : un harcèlement continu de plusieurs semaines. Je finis donc par céder, résigné, à terminer la nuit la voix rauque et les oreilles qui bourdonnent, et persuadé de passer une mauvaise soirée. Il est vrai que pendant une certaine période, les discothèques étaient un de mes terrains de chasse favori. Mais je fus vite lassé par l'impossibilité de discuter avec quelqu'un sans lui hurler dans l'oreille. Ajoutez à cela la trop grande concentration de personnes au même endroit, transformant tout déplacement anodin d'un point A vers un point B en parcours du combattant parsemé d'embûches et d'ivrognes. Comme je n'aime pas danser mais juste boire, j'ai rapidement conclu que ce genre d'endroit n'était pas adapté à mes attentes festives et me rabattis vers des établissements plus intimes.

Mais ce soir, il fallait accompagner Max. Une amitié, c'est aussi des devoirs. Pour pimenter la soirée, j'allais tenter une expérience. Mon côté scientifique détraqué s'était mis dans l'idée de draguer sans parler. Ou du moins, sans hurler, en l'occurrence. Pour cela, j'avais collecté plusieurs sous-verres en carton sur lesquels j'inscrivais différentes phrases. La difficulté était de prévoir les bonnes questions et réponses, mes poches ne pouvant accueillir qu'un nombre limité de cartons. J'en choisis une dizaine, laissai deux sous-verres vierges et pris un stylo, au cas où.

Nous étions une semaine après mon fameux *"rendez-vous entre mecs"*. Lola occupait encore toutes mes pensées.

Malgré ça, l'espoir de la rencontrer ne m'effleura même pas. Je ne sais toujours pas pourquoi. Peut-être qu'inconsciemment je ne pouvais concevoir qu'un être aussi merveilleux puisse aimer ce genre de lieu.

Max et moi sommes arrivés un peu après minuit. La boite qu'il avait choisie était bien entendu la plus à la mode de la ville et donc, forcément, la plus peuplée. Grâce à ses relations, nous sommes entrés sans faire la queue et, comme de coutume, direction le bar pour s'enfiler cinq ou six alcools forts à une cadence de kamikaze, histoire de se mettre bien dans l'ambiance. Et comme de coutume, après s'être goulûment désaltéré, mon comparse disparut pour son petit " tour de repérage " comme il l'appelait. Nous étions deux cow-boys solitaires en vadrouille. Pas besoin de rester collés l'un à l'autre. Accoudé au comptoir, je restai donc seul à descendre quelques verres de plus, histoire de me donner un peu de courage. Pour me tenir compagnie, un festival de beautés défilait près de moi, toutes sur leur trente et un. Trop chics pour un bar à strip-tease et trop vulgaires pour un mariage, aucune de ces starlettes ne m'intéressait vraiment. Ça tombait bien, je ne les intéressais pas non plus.

Cul sec et claquement de godet sur le bar, et je plongeai finalement dans la cohue à la recherche d'un cobaye. Je flânai de longues minutes, me laissant entraîner par les mouvements de foule au gré du courant collectif. J'essayais de me convaincre, sans conviction. Aucune femme ne me semblait intéressante. Aucune femme ne me semblait aussi intéressante. Son ombre me suivait partout et ternissait même les minois les plus aguichants. Et, ironie du hasard ou merveilleux destin, c'est elle que je rencontrai, Lola. Nous sommes tombés nez à nez, au carrefour de deux courants, au milieu du monde. Elle me sourit, naturelle et à peine surprise, comme si elle venait de me quitter pour aller aux toilettes. J'étais stupéfait et sentais un rictus béat se former involontairement sur mon visage. La musique battait son plein. Elle se pencha à mon oreille et cria :

- Monsieur Barrow, quel plaisir de vous revoir.

Elle semblait vraiment ravie. Qui plus est, elle se rappelait de mon stupide pseudonyme. Elle était radieuse, encore plus belle que dans mes souvenirs. Je retombai immédiatement sous son charme. Je me ressaisis. Je ne devais pas gâcher cette deuxième rencontre. Je mis la main dans ma poche et pris le carton placé à son extrême droite. J'avais eu la présence d'esprit de les classer dans un certain ordre, chronologiquement logique, ce qui devait m'éviter de devoir farfouiller parmi mes " antisèches ". Je lui tendis à hauteur de ses yeux, pas trop près afin qu'elle puisse le lire confortablement.

" Bonjour, comment ça va ? "

Il est vrai que je n'avais pas pris des masses de risques avec celui-là. Elle fut amusée. Elle s'approcha et me cria à nouveau dans l'oreille.

- Tu étais plus loquace la dernière fois, tu as une extinction de voix ?

Après cette question soulignée d'un sourire malicieux, elle s'éloigna un peu moins de moi. Deuxième carton. Jusque-là tout allait bien.

" Non, c'est juste que je n'aime pas hurler dans les oreilles des gens. "

Elle se mit à rire. Je fondais. De nouveau plus proches. De nouveau son souffle dans mon cou.

- Je vois que tu as tout prévu. Je me demande ce que tu vas faire quand tu vas tomber à court de cartons ?

Elle ne s'éloigna presque plus. Notre proximité devint intime. Je lui souris pendant que mes doigts cherchaient avec assurance la réponse adéquate, la troisième en partant de la gauche. Heureusement que je les avais mémorisées, de même que leurs emplacements précis.

" Alors, je vais être obligé de te demander ton numéro de téléphone pour pouvoir continuer cette charmante conversation dans un endroit plus calme ! "

Nouveau rire. Nouveau lasso autour de mon cœur. Elle hésita à peine un instant et me dit :

- D'accord. Donne-moi un de tes cartons et un stylo que je ne sois pas obligée de te hurler le numéro complet dans l'oreille.

Je ne me fis pas prier. Elle me rendit le carton noirci d'une écriture aussi harmonieuse que ses formes. Je lus rapidement son numéro et découvris pour la première fois son prénom, Lola. Je pris un des sous-verre vierge et y écris *" Je t'appelle demain sans faute "*. J'y ajoutais également mon vrai prénom. Elle lut, me fit un grand sourire et s'éloigna lentement, se retournant plusieurs fois pour me lancer des œillades complices. J'étais aux anges, sur un petit nuage d'autosatisfaction mêlé d'impatience. Je tenais fermement le précieux numéro et jetai tous les autres cartons nonchalamment à terre. Je n'en avais plus besoin.

ONZE

L'après-midi touche à peine à sa fin que le jour fatigue déjà. Le soleil hivernal est paresseux. Nous en sommes tous tributaires. Une langueur s'installe sur la gare à mesure que la lumière naturelle se fait rare. Cette nuit précipitée semble contrarier tout le monde, tout le monde sauf moi. Elle sonne à mes oreilles comme le prologue de la fin de cette interminable journée. De toute façon, depuis que je viens ici, elles sont toutes interminables. J'en ai perdu le compte à force. C'est devenu une monotonie aussi absurde qu'inutile. C'est étrange et triste d'en arriver là.

Comment me suis-je retrouvé réduit à ça ? Mais par choix bien entendu. Non pas que j'aie choisi de venir passer toutes ces putains de journées à attendre ce putain de train dans cette putain de gare - je veux bien accorder que j'ai une petite tendance autodestructrice, mais je ne suis pas masochiste à ce point - mais que, si je suis dans cette situation, ça n'est que la conséquence de mes choix. Sartre a dit

"Nous sommes condamnés à être libres". Nous sommes condamnés à prendre nos propres décisions. Ce doit être ça, la malédiction du libre arbitre. L'homme à qui on donne un ordre peut choisir d'obéir ou non. Même un prisonnier, à un moment donné, a dû décider de faire ou de ne pas faire ce qui l'a amené en cellule. Et c'est là que le bât blesse. Car, si on peut faire ce que l'on veut dans la vie, on est toujours obligé d'en assumer les conséquences à un moment ou un autre. Et moi, j'assume. Je n'ai jamais été du genre à rejeter la faute sur les autres. C'est peut-être l'avantage d'avoir un ego de la taille d'un petit pois.

Alors comment me suis-je retrouvé dans cette situation ? Quels chemins parcourus dans mon existence m'ont placé dans ce déprimant vaudeville ? La réponse, aussi simple que complexe, tient simplement en toute une vie. Toute ma vie. Je serais bien incapable de distinguer quels éléments déterminants m'ont fourré dans cette galère. Tout ce dont je peux vous parler, c'est des grands bouleversements de ma vie. Et surtout, de celle qui les a initiés, Lola.

Ce qui me vient d'abord à l'esprit quand je pense à elle, ce sont nos premières fois. Notre premier coup de téléphone, le lendemain de la discothèque. Notre première vraie conversation, lors de ce même premier coup de téléphone. Elle a duré plus de deux heures, sans gêne ni malaise. Nous avons parlé de tout et de rien, nous avons plaisanté, nous avons rigolé, nous nous sommes séduits et, surtout, nous n'avons pas vu le temps passer. Notre premier rendez-vous, trente minutes après ce même premier coup de téléphone.

Sa batterie allait tomber à plat et, comme nous n'avions pas envie de stopper notre babillage d'adolescents en rut, nous nous sommes retrouvés dans un bistrot, à mi-chemin entre nos appartements. Nous avons passé la nuit à refaire le monde. Grâce à Pamela, je sus rester moi-même lors de ce premier rendez-vous improvisé. Je ne recherchais plus une partenaire sexuelle mais l'amour. Ou bien était-ce lui qui m'avait trouvé ? Grâce à Pamela, j'étais autant avide de découvrir le corps de Lola que sa personnalité. Et quelle personnalité… C'était une emmerdeuse de première. Mais dans le bon sens du terme. Elle adorait choquer, troubler, perturber, taquiner ou tout simplement jouer avec les pieds, le tout avec un sérieux et un cynisme digne d'une actrice oscarisée. Elle s'amusait souvent à provoquer l'embarras des serveurs en soutenant qu'ils s'étaient trompés de commande (à tort bien entendu). Elle adorait, quand nous prenions le métro serrés comme des sardines, se retourner sur un pauvre petit vieux ou sur un ado à peine pubère et dire bien haut et fort *"Mais dites donc, gardez vos mains où elles sont ! "*. Elle joignait à ces paroles un air outragé et coléreux des plus crédible, faisant rougir et bafouiller ses pauvres victimes, quand elles ne fuyaient tout simplement pas. Parfois aussi, elle se plaisait juste à me contredire avec une telle ferveur et une telle mauvaise foi que j'en devenais fou. Mais Lola savait toujours quand s'arrêter et ne poussait jamais la plaisanterie trop loin. Elle y mettait un terme, sans qu'on ne s'y attende, d'un seul sourire radieux, capable à lui seul de dissiper tout malaise et de lui apporter un pardon instantané. Quelle femme…

Ce que j'aimais aussi chez Lola c'est qu'elle était très expressive. Son regard était capable de réchauffer un cœur comme de glacer le sang. Le ton de sa voix était capable d'apaiser aussi bien que d'énerver et elle savait jouer de toutes les expressions. J'étais le seul à vraiment pouvoir lire en elle ou, du moins, c'est ce que je m'efforçais de croire. Une partie de moi se savait à la merci de son charme et de ses talents de comédienne.

Mais ça ne m'empêcha pas d'en tomber amoureux. Oui, j'étais amoureux. Et je le fus presque instantanément. J'en eu la confirmation lors de notre premier baiser, qui suivit notre première nuit à refaire le monde. Lors de cet anodin échange physique, il se passa entre nous quelque chose de bien au-delà, quelque chose d'inexplicable que l'homme essaie pourtant d'expliquer depuis la nuit des temps. Nos lèvres passaient un accord secret tandis que nos corps se réclamaient.

Nous venions de sortir du café, debout sur le trottoir, à la vue de tous. Le soleil se préparait à se lever, encouragé par les premiers chants d'oiseaux. Je n'ai aucune idée du temps qu'a duré cette étreinte. Pour une partie de moi, elle est éternelle. Mais elle se termina. Essoufflés et enivrés l'un de l'autre, nous flottions. Elle venait d'entrer dans ma vie et me fit rentrer dans son appartement. Là, pour la première fois, nous fîmes l'amour. Pour la première fois de ma vie, je faisais vraiment l'amour.

Quand on est célibataire, on a souvent tendance à se sentir seul dans l'univers. En couple, on se crée son propre univers.

Les " je " deviennent " nous ", le passé se décompose, le futur n'est plus si simple, mais le conditionnel sans " elle " n'existe plus. Je n'avais plus d'avenir, mais nous en avions un en commun. Nous étions un couple. Ce fut clair dés cette première nuit. La peur du " one shoot " et du " Va-t-il (elle) rappeler " ne nous a même pas effleuré l'esprit.

J'ai toujours adoré l'euphorie caractéristique des premiers jours d'une relation amoureuse. Les petits papillons dans le ventre, l'amour en tête et la douloureuse attente entre chaque rencontre. Cet empressement irrationnel qui nous pousse à accélérer le pas quand l'être désiré approche. Mais aussi les petits gestes simples comme le plaisir de se promener avec une main dans la sienne, un soupir complaisant de bien-être, un silence entendu entre deux regards ou juste la savoir près de moi.

Sauf qu'avec Lola, les premiers jours de notre relation ne furent pas exceptionnels. Ils le furent tous. Et peut-être même de plus en plus. Après deux rencontres froides et timides comme deux coups délicats de silex, nous nous étions embrasés subitement lors de la troisième tentative. Notre feu était intense et ne semblait pas vouloir faiblir.

Et le temps passa. Et le feu ne faiblit pas. Je dis au revoir à ma condition de loup solitaire, certes empreint d'un peu de nostalgie mais impatient de me lancer dans cette nouvelle aventure. Et quelle aventure… l'amour. L'amour avec un grand A, l'amour classique, l'amour réciproque, celui que l'on croit réservé aux autres mais qui nous tombe dessus sans qu'on s'y attende. L'amour tellement banal et commun que l'on se dit " Moi mon histoire sera exceptionnelle, hors de question de suivre ces clichés de vieux couples avec chacun son côté du lit ". Pourtant, je l'ai accueilli les bras ouverts et les larmes aux yeux, reconnaissant de pouvoir moi aussi mordre dans la pomme.

Et les jours passèrent. Puis les semaines et les années. J'avais abandonné derrière moi, d'un simple haussement d'épaules, mes excès, mes dépendances et autres mauvaises habitudes pour revenir dans des normes sociales politiquement correctes. Pour elle. Je m'étais éloigné de mes camarades et ne voyait plus Max qu'en de rares occasions. Lors de nos rencontres, il tentait, bien entendu, de me ramener dans notre univers de fêtes et de débauches, mais je tenais le coup. Au début c'était facile.

Moins d'un an après notre premier baiser, nous emménagions ensemble. Je laissais donc tomber sans aucune nostalgie mon appartement de célibataire en plein centre au profit d'un petit nid douillet en dehors du quartier chaud, confortablement aménagé par de nombreuses touches féminines. Le lait remplaça la bière dans le frigo, et la crème hydratante le pot de vaseline dans la salle de bain.

J'avais également abandonné mes petits boulots au profit d'un travail de bureau, avec des horaires et une rémunération classique. Ça nous permettait de faire encore plus de projets et de passer encore plus de temps ensemble. Mon nouveau travail était d'un manque d'intérêt affligeant, tout comme mes nouveaux collègues. Mon monde se composait d'amour, de bonheur et de luxure. Le leur de statistiques et de potins de boîte. Je gardais mes distances, les observant de loin, de peur d'être contaminé. Mais je tenais le coup. Au début c'était facile.

Sept ans passèrent dans notre petit royaume presque sans nuages. Notre couple s'était transformé : il avait grandi, mûri et pris en assurance et en certitudes. Peut-être un peu trop. Ce que nous n'avions pas prévu, c'est qu'aussi solide que soit le brasier de notre romance, on n'est jamais à l'abri d'une averse. Et malheureusement, je suis plutôt doué dans le rôle de faiseur de pluie.

DOUZE

Il est difficile de parler d'une personne et, encore plus, d'une relation. Alors comment résumer sept ans de relation amoureuse ?

Peut-être devrais-je parler de notre petit train-train quotidien, de nos petites routines dont je ne me suis jamais lassé : se lever tous les jours, à la même heure, côte à côte, aller faire le même boulot... Rébarbatif dit comme ça, non ? Quand la compagne est Lola, pas du tout. Chaque jour je me délectais simplement de la voir ouvrir les paupières, encore pleine de sommeil. Le simple fait de me brosser les dents à côté d'elle, épaule contre épaule, me réconfortait. Chaque matin je chantais sous la douche et chaque matin elle râlait en souriant, me demandant un peu de calme. J'adorais aussi nos petits rituels du petit-déjeuner, la manière dont je la laissais systématiquement me voler ma tasse de café, en échange de quoi, je lui volais une tranche de pain beurrée. J'aimais chacune de nos étreintes quand nous nous quittions, et chacun de nos baisers rassurés quand nous nous retrouvions. Chaque repas était chaleureux et convivial, un moment de partage et de complicité, de sa préparation jusqu'à la vaisselle, que nous faisions toujours à deux... Bon, d'accord, presque toujours.

Peut-être devrais-je parler de nos sentiments, de cet amour intense qui nous caractérisait tant. Je ne dirais pas que nous étions dans une relation fusionnelle, mais passionnelle. Être amoureux ne rend pas aveugle, au contraire ça permet de voir ce que personne d'autre ne voit chez l'être aimé. Je n'ai jamais su ce que Lola voyait chez moi, mais chez elle, je voyais monts et merveilles. Elle jouait toujours le rôle de la femme forte, moderne et indépendante, mais sous ses couches de mordant, j'arrivais à déceler sa sensibilité. Elle adorait tenir le rôle du comique de service. Moi, sous ses airs de clown, je sentais un mal-être dont j'ignorais encore l'origine.

Ou bien devrais-je simplement vous parler d'elle ? Car, pour moi, c'est elle qui mettait de la vie chez nous. Sans Lola, le temps s'arrêtait et le vide envahissait tout. Elle me comblait intellectuellement et affectivement. Je n'étais pas en reste. Nous ne pouvions passer l'un à côté de l'autre sans nous toucher, nous caresser ou nous embrasser. Un petit pelotage vite fait, j'avoue, j'aimais bien aussi. Sexuellement, c'était parfait. Elle avait une façon très masculine de voir la chose : *"Le sexe, quand c'est bien fait, ça fait toujours du bien. Et en plus ça détend"*. Elle aimait en parler crûment, et le comparait parfois au sport. Ça me rappelle le genre de conversation typique que nous avions en rentrant du travail. Nous prenions un verre et nous affalions dans le canapé, le temps de nous raconter notre journée. Ensuite Lola me demandait le plus simplement du monde : *"Ca te dit une petite séance d'exercice, pour se détendre ? "*. Bien souvent, pour ne pas faire le gars trop pressé ou trop conciliant, je répondais : *" Ok, mais pas un trop long échauffement, je suis un peu crevé ce soir "*. D'autres soirs, par contre, je ne lui laissais même pas le temps de finir sa phrase.

Non seulement elle savait me faire rire, mais elle savait aussi me faire sourire, me remonter le moral, me rendre heureux. J'avais l'impression qu'elle pouvait lire et ressentir ce que j'avais en moi, tout comme moi en elle. Mais de temps à autre, elle restait calme et distante plusieurs jours, avec un sourire de façade. J'avais beau déceler une certaine mélancolie dans son regard, je n'ai jamais réussi à savoir ce qui la troublait comme ça. Elle rassurait chacune de mes questions par des *"Tout va bien "* et des *"Mais non, il n'y a rien "*. Par ses réponses, elle se fermait totalement à moi. Ça me faisait mal. À la longue, j'ai mis ça sur le compte des hormones... Comme c'est facile, pour nous les hommes, cette excuse des hormones. Ça nous évite de chercher à savoir. Ça nous évite de chercher à comprendre. Ça nous évite de nous remettre en question.

Avec toutes ces journées passées à cogiter seul sur mon banc, moi, j'ai largement eu le temps de la faire, ma remise en question. J'en suis arrivé à une conclusion triste et pas du tout réconfortante : Lola avait ça en elle, ce blues du musicien, ce spleen de l'artiste, ce mal-être caractéristique des personnes trop intelligentes, trop sensibles au monde qui les entoure.

"Quand on est deux on n'est plus seul au monde, quand on est deux on crée son propre monde... "

Je comprends maintenant l'importance qu'avait à ses yeux la bulle que nous nous étions construite, un château de princesse pour la protéger de la folie des hommes, un phare apaisant au milieu d'une mer tourmentée.

Je ne voyais pas ça comme ça à l'époque. Pour moi il s'agissait juste d'un cocon douillet, entre vie facile et vie tranquille. Quel manque d'ambition !

"Que celui qui n'a jamais péché me lance la première pierre. "

Mais pécher par manque d'ambition, là, c'est une enclume qu'on devrait me jeter sur le coin de la tronche. Qu'il est difficile de parler d'une personne, difficile de parler d'une relation, mais alors, comment parler de soi ? Étais-je vraiment aveugle au point de ne pas voir que Lola ne cherchait qu'à renforcer notre amour, qu'à nous faire avancer ? Étais-je paresseux, me contentant simplement de ce que j'avais, sans chercher plus ? Avais-je peur d'un autre changement, encore, ou bien en étais-je tout simplement fatigué ? N'étais-je qu'un gros égocentrique ne pensant qu'à sa gueule ?

Je n'en sais rien, même aujourd'hui. Peut-être rien de tout cela. Probablement un peu de tout. La seule chose dont je suis sûr, c'était que tel un marathonien déjà ivre de sa future victoire, je me rendis à peine compte que je m'apprêtais à franchir la ligne. Mais ce que je prenais pour la ligne d'arrivée d'une belle chevauchée fantastique, était en fait la limite à ne pas dépasser dans notre couple.

TREIZE

Nous approchons de vingt heures. La majorité des petits commerces de la gare sont fermés. La plupart du personnel est au chaud, chez lui, devant un bon repas et une émission télé bien abrutissante, pour oublier une journée de travail qui ne l'était pas moins. Les trains se font rares. Les passagers aussi. Toujours rien pour moi…

La nuit et le froid se sont confortablement installés sur le quai. Ma solitude les a suivis. C'est le moment de la journée où ça devient vraiment difficile pour moi. Je suis ici depuis six heures du matin. Quatorze heures en gare. Le dernier train part à 23 heures 34. Encore trois heures interminables. Et bientôt, je serai seul, les deux derniers voyageurs montent dans le train qui s'apprête à partir. Après, finies les distractions, jusqu'au prochain train de 20 heures 52. Profitons-en ! J'observe avec attention mes derniers comparses installés dans le troisième wagon, l'un en face de l'autre. L'homme et la femme discutent avec une certaine distance, me confirmant qu'ils ne forment pas un couple. Sûrement des collègues rentrant chez eux. Pourtant… Je décèle quelque chose de connu dans leurs regards. Un reflet ? Un éclat ? Un appel ?... Une réponse. Je vois maintenant, ce sont bien plus que des collègues, ils pensent être amis. Leurs attitudes ne trompent pas. Je reconnais ce jeu de séduction retenu, presque involontaire. Je ne pense pas qu'ils en soient conscients. Et s'ils l'étaient, ils se diraient sûrement *"Pas de problème, je gère. Moi j'arrête quand je veux"*. Cette retenue vient du fait qu'ils sont déjà en couple, chacun de leur côté. Probablement même mariés, vu leur âge. Mais je sais reconnaître des accros quand j'en vois. Je l'ai assez été. Moi aussi je pensais pouvoir gérer. Et leur erreur me renvoie à la mienne. Elle me renvoie au bout de ces sept magnifiques années de vie commune avec Lola. Toutes les bonnes choses ont une fin dit le dicton. On ne prend pas beaucoup de risque en lâchant une banalité pareille, vous allez me dire. Je suis bien d'accord avec vous. Ce qui est intéressant, c'est d'être capable de voir la fin arriver et, surtout, de savoir comment réagir. Moi je n'ai rien vu venir. Alors pour la réaction…

Tout comme on ne peut empêcher le soleil de se lever, une inexorable monotonie nous avait enlacés, Lola et moi, dans des bras chauds et apaisants. Bien pelotonnés, nous profitions. J'étais bien. Lola aussi. Pas assez peut-être. Lola me parlait de plus en plus fréquemment de faire un bébé. Moi, ce n'est pas que l'idée me déplaisait forcément, mais je n'étais pas pressé. En plus nous étions bien comme ça, pourquoi prendre le risque de tout changer. Surtout que pour moi, la vie d'homme au foyer était un changement énorme que je n'avais pas encore complètement digéré.

Au fur et à mesure que je repoussais l'échéance, Lola se faisait de plus en plus pressante. Mais je ne cédais pas, et notre petit cocon, pour la première fois depuis sept ans, se fissura. Comme tous les couples, nous nous étions déjà disputés par le passé. Mais pour la première fois, j'entendis dans sa voix de la rancœur et de l'amertume. Les disputes se firent de plus en plus fréquentes. Sa rancœur et son amertume de plus en plus intenses. La faiblesse de notre couple était aussi son point fort : l'intensité de nos sentiments. Nous nous aimions fort, très fort, à la folie. Chaque confrontation était un déchirement, chaque silence glacé, une torture. Malgré cela, notre entêtement et notre obstination prolongeaient ces malaises entre nous, souvent aux limites du supportable. Et j'arrivais à mes limites. Je me battais seul contre Lola et son horloge biologique. Je ne faisais pas le poids. J'avais besoin de renforts. J'avais besoin de réconfort. Pour la première fois depuis bien longtemps, je revis Max.

À votre avis, que fait un homme quand il revoit un vieux pote de beuverie ? Que fait-il quand la femme, dont il est éperdument amoureux, semble vouloir remettre leur relation en question ? Que fait un homme, vrai fêtard invétéré, quand il se rend compte qu'il s'est bridé lui-même pendant sept ans, qu'il est devenu une espèce de pépère bourgeois bohème et, pire que tout, qu'il en est venu à aimer ce qu'il est devenu ? Plusieurs questions, une seule réponse : la fête.

Mais pas n'importe quelle fête, le genre de soirée d'orgies et d'excès en tout genre. Boire jusqu'au vomissement, et recommencer à boire. Boire jusqu'à l'oubli. Je ne me rappelle de cette soirée que par bribes. Je sais qu'avec Max, nous avons fait la tournée des grands ducs, nous laissant porter par la nuit, le bruit et la foule de noctambules. Je revois vaguement Max acheter de la cocaïne à un type habillé en femme. Je nous revois vaguement en train de la sniffer, dans la rue, sur le rebord d'une fenêtre. Après, c'est de nouveau plus flou. On a recommencé à boire, ça c'est certain. Peut-être une bousculade, voire une bagarre. Peut-être quelques dégradations, sur le trajet entre deux cafés, pour dire de passer le temps et de déconner un peu. Mais pas de sexe, ça c'est certain. Malgré mon état, j'étais resté fidèle. Je me souviens, quand Max m'a raccompagné, le soleil était déjà levé depuis longtemps. J'avais voulu rentrer le plus tard possible pour que Lola, partie au travail, ne me voie pas ivre mort. Ce fut une erreur, car elle m'a toujours soupçonné de l'avoir trompée lors de cette folle nuit. Avec le recul, je me dis que me voir rentrer saoul, complètement minable, avec des traces de vomi sur la chemise, l'aurait rassurée. Ce ne fut pas le cas. Les graines du doute et des soupçons étaient plantées. Notre entente ne s'en améliora bien entendu pas.

Max voulu remettre ça le plus vite possible. Inconsciemment, moi aussi. Cette sortie m'avait empreint de nostalgie. Peut-être est-il normal de se tourner vers le passé quand les perspectives d'avenir sont bien sombres. Je me sentais comme devenu dépendant de Lola, dépendant de ses sentiments. Ma fierté et mon orgueil masculin se rebellèrent soudain contre cette dépendance : mes sorties reprirent et devinrent de plus en plus fréquentes, au grand bonheur de Max, au grand dam de Lola. Dommage que ma raison et mon intelligence ne se rebellèrent pas avec eux, j'aurais sûrement moins agi comme un con.

Et comment pensez-vous qu'a réagi Lola ? Pour résumer, elle désire fonder une famille en ayant un bébé avec l'homme qu'elle aime. Lui, plutôt que de faire preuve de maturité en abondant vers ce nouvel objectif commun, fait tout le contraire et régresse complètement en reprenant les sorties, comme un jeune homme en rut qu'il n'est plus depuis longtemps. Et bien Lola, comme le font presque toutes les femmes blessées et intelligentes, tapa exactement où ça me fit le plus mal : elle me priva de ma dépendance, elle me priva de ses sentiments. Finis tendresse, attentions et mots d'amour. Même son non-verbal avait changé, et Dieu sait si le langage non verbal est significatif au sein d'un couple après toutes ces années. Ses regards n'exprimaient plus que froideur et contrariété. Ses paroles étaient anonymes et ses gestes mécaniques. Et souffrance suprême, derrière ce bouclier de distance, je la voyais quand même souffrir. Le temps n'arrangea rien. Nous sommes restés des mois dans ce douloureux statu quo amoureux. Nos cœurs meurtris restaient obstinés. Nous vivions toujours ensemble, mais j'étais en manque d'elle. J'étais en manque d'amour.

J'ai toujours eu le contact assez facile avec les femmes. Depuis Pamela, j'étais devenu un virtuose de la joute verbale. Bien que je sois resté fidèle ces sept dernières années, j'ai toujours été un adepte du jeu de la séduction. Et comme quand on travaille, la majorité des femmes que l'on rencontre sont des collègues, au fur et à mesure des années j'étais devenu un petit coq au sein de sa petite basse-cour, confortablement perché sur sa tour d'ivoire. J'étais la petite coqueluche des femmes du bureau. Le gars souriant, sympathique, qui a toujours le mot pour rire. Le gars qui a de la conversation et de l'esprit, toujours prêt à rendre service et à glisser un compliment ou un mot gentil, même aux laides, grosses et vieilles. Mais je ne dépassais jamais les limites et ne tentais jamais d'aller plus loin. J'étais donc aussi le gars fidèle et correct. Bref, si j'avais voulu, j'aurais été une vraie star. Pour une de mes collègues, Fanny, j'en étais déjà une.

Le courant passait bien avec toutes les filles du bureau, mais avec Fanny, il y avait une espèce de magnétisme invisible, une attirance réciproque plus encore que physique. Je n'ai jamais cru en " l'âme sœur " et toutes ces comptines pour pucelles rêveuses. Je pense que nous avons plusieurs grands amours potentiels dans une vie. Lola était clairement l'un de mes amours potentiels. Mais Fanny aussi. Le destin a voulu que lorsque nous nous sommes rencontrés, j'étais avec Lola et Fanny était mariée. Et c'était toujours le cas mais nous étions proches. Très proches. Trop proches peut-être. J'ai toujours été une bonne oreille pour ceux qui ont besoin de vider leur sac. Je crois d'ailleurs que ça doit être quelque chose qui se ressent, car les gens se sont toujours confiés facilement à moi. Moi, par contre, me confier aux autres, c'était pas gagné ! Fanny se livrait régulièrement. Et étonnement, je me confiais à elle, moi aussi, avec une facilité que je ne soupçonnais même pas. Nous nous étions pris au petit jeu des conversations et confidences, et un lien se tissa entre nous au fil des ans.

Mais je commis une erreur. La même erreur que mes comparses du troisième wagon. Je pensais pouvoir garder le contrôle. Nous pensions être amis et pouvoir le rester.

QUATORZE

Il y a trois choses qui peuvent remonter le moral d'un homme tout en flattant son ego : sa voiture, son travail et ses conquêtes. Malheureusement pour moi, en bon citadin, je ne possédais aucun véhicule motorisé, et mon travail m'exaspérait au plus haut point. J'éprouvais donc un besoin compulsif de séduire. Je voulais être rassuré, voir que je pouvais toujours plaire. Il fallait que je m'attire les bonnes grâces et attentions d'autres femmes, à défaut d'avoir celles de Lola. Je sais que c'est puéril comme réaction mais un homme qui souffre a une forte tendance à retomber en enfance. Soyons bien clair, je n'avais aucune intention de tromper Lola. Je savais que je jouais avec le feu mais je connaissais les limites à ne pas dépasser. Avec l'expérience, on se rend compte que connaître les limites et ne pas les franchir sont deux choses totalement différentes. Le problème avec l'expérience, c'est qu'elle arrive souvent trop tard.

Plus Lola se montrait distante, plus je me rapprochais de Fanny. Nous nous confiions souvent l'un à l'autre, échangeant nos problèmes de cœur et de couple. Nous alternions sincérité et petits jeux de séduction à peine voilés. Oui, Fanny jouait aussi. Elle ressentait cette nécessité de plaire tout autant que moi. En fait, elle avait exactement le même besoin de réconfort. À cela, ajoutez ce magnétisme physique et presque incontrôlable entre nous, comme deux chiens ne pouvant s'empêcher de se renifler. En presque toute bonne foi, nous savions être plus que des collègues et pensions être amis.

J'ai toujours été un grand fan de films de zombies. Je trouve ça parfait pour dessoûler peinard ou pour s'endormir. Jamais de surprises, peu d'originalité, aucune matière à réflexion et, quand tu en as vu un, tu les as tous vus. Les règles sont toujours les mêmes : pour tuer un zombie il faut lui exploser le crâne et si t'as été mordu, t'es foutu, tu vas bientôt te transformer en ignoble créature décérébrée et mangeuse de cervelle. Les scénarios sont identiques : un groupe de survivants, composé de stéréotypes représentatifs de notre société, essaie d'échapper à l'invasion des zombies et se fait, bien entendu, décimer petit à petit. Même les rebondissements se ressemblent : chaque fois, un membre du groupe se fait mordre, tout le monde sait bien qu'il ne va pas tarder à se transformer, mais pas grave ! *"On le garde quand même avec nous, on arrivera bien à gérer quand il se changera en monstre"*. Et systématiquement le gars se transforme, et bouffe un de ses anciens potes, à la " surprise " générale. Ma relation avec Fanny était exactement pareille à ça.

Nous savions tout les deux que nous étions mordus, nous connaissions très bien les risques mais "pas grave" ! On pensait aussi pouvoir gérer le moment venu. Et comme dans les films, elle a fini par me bouffer le cerveau, et moi je lui ai bouffé le cul.

La suite ? La première fois, on avait conclu à un accident, une simple erreur de parcours. Personne n'en saurait rien. Et pendant quelques jours personne n'en sut rien. Alors on remit le couvert, une fois, deux fois, plusieurs fois. Il n'était pas question d'amour, juste de combler un vide affectif mutuel. La belle excuse… Je n'ai jamais compris comment certains hommes, ou femmes, parviennent à tromper leur partenaire pendant des années. J'ai toujours été partisan du *" Un jour ou l'autre, tout se sait toujours "*. Mais je me croyais plus malin que tout le monde. Certes, je maîtrisais le b.a.-ba du petit infidèle (à la portée du premier simplet venu, soit dit en passant), mais j'oubliais quelque chose d'essentiel : ma partenaire n'était pas un être dénué d'intelligence. Et dans le cas de Lola, il s'agissait d'une intelligence aiguisée, intuitive, tranchante comme une lame de rasoir. De plus, au bout de sept ans de vie commune, le non verbal avait pris beaucoup d'importance dans notre mode de communication. Nous connaissions chacun de nos traits, chacune de nos expressions, chaque tête de nos humeurs.

Lola ne mit pas longtemps à savoir. Je n'ai jamais découvert comment, elle n'a jamais trouvé aucune preuve, mais elle savait. Ce que j'ai toujours aimé chez elle, c'est sa force, son caractère, sa fierté et son indépendance. Ce sont ces mêmes traits de caractère tant chéris qui me flanquèrent à la rue. Je ne sais pas si elle pleurait de rage ou de chagrin. Peut-être un peu des deux. Je ne parvenais pas à la calmer. Je n'étais d'ailleurs pas très convaincu, ni convaincant, dans mes tentatives. Je finis par avouer. Avant de partir, elle me dit qu'elle parviendrait peut-être un jour à me pardonner, mais que jamais elle ne l'oublierait.

C'est à ce moment que je réalisai ce que je venais de perdre, que je venais de perdre Lola. Pire encore, je me rendis compte à quel point je la faisais souffrir, combien je lui avais fait de la peine. Cette douleur me revint en plein visage et m'en coupa presque le souffle. Mais moi aussi, j'étais quelqu'un de fier et, surtout, très con. Je ramassai mes sacs jetés sur le trottoir, tentant de retenir mes larmes encore quelques secondes, lui tournai le dos et partis, sans oser lui dire ce que je ressentais vraiment pour elle.

Je ne revis plus Fanny. Je ne remis même plus les pieds au bureau.

Après la rupture, plus grand-chose ne compta. De chez Lola, je me rendis directement à la gare, déposer mes valises dans une consigne. Ensuite, bistrot le plus proche, coup de téléphone à Max et première tournée. À partir de là, et pendant plusieurs semaines, ma vie ne fut plus qu'un épais brouillard auréolé de nuits d'ivresse et d'excès, une sorte de lente amnésie salvatrice, un suicide social expiatoire. De vagues images me reviennent de temps à autre, à regret. Je n'étais pas beau à voir, une vraie loque humaine. Je ne me rappelle plus si, ni comment, j'ai changé de vêtements. Je ne sais plus où j'ai dormi, je ne sais plus si je me suis lavé, je ne sais même pas ce que je mangeais. Je pense aussi être allé plusieurs nuits en prison, sans certitude. Tout ce dont je suis sûr, c'est le goût persistant de bile dans ma bouche, et la douleur dans ma poitrine qu'aucune substance ne semblait parvenir à atténuer.

Je ne sais pas si je me serais repris en main de moi-même. Je ne sais même pas combien de temps exactement je suis resté dans cette espèce d'inertie volontaire, ni combien de temps j'aurais pu encore tenir de la sorte. Des jours ? Des semaines ? Des mois peut-être ? Le calendrier n'avait plus aucun sens à mes yeux. Plus rien n'avait de sens à mes yeux. Plus rien, sauf elle.

Et elle appela. Son coup de téléphone me sortit de ma torpeur et le ton de sa voix me fit dégriser. Lola était bouleversée, effondrée, en pleurs. Vu mon état, je mis un certain temps avant de comprendre qu'elle ne me parlait pas de notre rupture. Elle était paniquée. Elle souffrait. Elle avait besoin de moi pour la conduire à l'hôpital.

QUINZE

Des vibrations significatives m'indiquent l'arrivée d'un train en gare. Je n'ai pas entendu l'annonce. Il arrive lentement sur mon quai, soupirant de tous ses essieux. Les wagons sont vides. C'est souvent le cas, surtout à cette heure. Il s'immobilise, ouvre ses portes dans un dernier souffle. Un homme descend du train et se dirige vers moi, le sourire aux lèvres. J'ai du mal à y croire.

- Quelles nouvelles mon ami ?

- Max ? Mais qu'est-ce que tu fous ici ?

- Waw, bonjour l'accueil ! Si je suis ici, je suppose que c'est parce que tu as besoin de moi.

- Super l'explication, t'as pris des cours de langage Jedi ou quoi ? Tu peux être encore plus mystérieux ou t'es déjà à ton maximum là?

- Susceptible ? T'as passé une mauvaise journée ?

- À chier.

- M'en doute. Et je parie qu'elles le sont toutes pour le moment ?

Il n'est pas comme d'habitude, moins souriant, moins à l'aise peut-être.

- La vie est un long fleuve. Le mien est crasseux, rempli de merdes.

- Et qu'est ce qui t'empêche de sortir de ton trou ?

Ça me fait bizarre à chaque fois de parler avec lui hors d'un bar et sans verre à la main. Il était déjà passé une fois ou deux me tenir compagnie sur mon banc mais, pour la première fois, je lis de l'inquiétude dans ses yeux.

- J'attends quelque chose.

Notre conversation est bercée par le bruit des locomotives en train de se détendre. Chaque silence nous permet de souffler.

- Tu sais, il y a ceux qui attendent quelque chose et ceux qui le cherchent. Moi, je pensais que tu faisais partie de la deuxième catégorie…

- S'il te plait, je ne suis pas trop d'humeur à entendre des leçons de morale.

Il me sourit et regarde à nouveau devant lui, pensif. Nous restons silencieux.

- Tu me manques.

Quel con ! Il vient d'enfreindre toutes les règles de savoir-vivre entre hétéros de la vieille école. Il est vraiment inquiet pour moi. Ca arrive parfois qu'entre hommes, on baisse la garde, par erreur ou lucidité, pour parler sentiments.

- Je t'aime aussi… tapette.

Du moins à notre manière. Deux légers sourires et nouveau silence.

- Nous n'avons jamais vraiment discuté de cette nuit tu sais ?

J'espère qu'il n'est pas là pour régler ses comptes. Je joue l'innocent.

- De quelle nuit tu parles ?

- À ton avis ? De la nuit où tu m'as piqué mes clés de voiture pour disparaître comme un fou.

Apparemment il veut régler les comptes.

- Tu sais, ce n'est pas comme si je me rappelais de tout...

- Et bien commence par ce dont tu te souviens.

Cette fois je ne vais pas pouvoir me défiler. Je n'en ai plus la force. Peut-être est-il temps de me souvenir. Peut-être est-il temps d'en parler ?

- La première chose, c'est le coup de téléphone. La pluie. Lola qui monte dans la voiture. Elle se tient le ventre... Je parle. Tout sort.

SEIZE

Max ne m'a pas interrompu une seule fois. Pas un seul mot. J'ai fini. Nous restons tout deux pensifs. Le train sort de sa torpeur nous sortant de la nôtre.

- Et ensuite tu es venu te planquer ici. J'imagine que ça n'a pas été évident…

Je hoche la tête sans détourner le regard de ce quai, mon quai. Quand on est mal, on a toujours l'impression que personne ne peut comprendre. La souffrance, c'est perso. Mais si quelqu'un peut comprendre un chouïa de la mienne, c'est Max.

- J'ai bien foiré quand-même… Je me sens minable. Ta caisse, ça a été ?

- Voiture de société, rien à foutre de ma caisse.

Il se tait à nouveau, bien décidé à me tenir le crachoir. Pas moyen de me débiner.

- Tu sais, je crois que j'ai pris tant de mauvaises décisions…

Des décisions qui ont causé tant de souffrances… Je n'ai plus envie de choisir…

- Et tu dis que c'est moi qui prends des cours de Jedi ?!

- T'es con !

Il sourit. Je souris aussi.

- Désolé, je plaisante. Je vois ce que tu veux dire. Enfin, je pense.

- Tu te rappelles quand je te parlais de Sartre, que selon lui, dans la vie, nous étions condamnés à être libres.

- Oui. Et, selon toi, nous sommes également condamnés à assumer les conséquences des choix résultant de notre liberté… ou un truc du genre, je me trompe ?

Là il me bluffe. Ca c'est un pote. Il m'écoutait même à trois heures du mat.

- Correct !

- Et tu crois vraiment qu'en restant le cul collé ici ça va aller mieux.

- Ca ne va pas aller plus mal.

- Encore heureux, parce qu'ici bonjour l'ambiance !

Un point pour lui.

- Tu sais, vieux, je n'ai pas de solution magique à tes problèmes. Je ne vais pas te sortir des " Faut te pardonner à toi-même ". Je suis juste persuadé qu'un jour ou l'autre, ça ira. Mais d'ici là, rien ne t'oblige à rester seul. Tu me manques vraiment tu sais. À toute notre petite fratrie aussi.

- Hum…

- Oui, mais c'est à moi que tu manques le plus, copilote.

Nous sommes interrompus par un bruit de pas venant dans notre direction.

Max me sourit et regarde le chef de gare qui se dirige vers nous dans son bel uniforme. Il hoche la tête à notre attention, faisant bruisser sa jolie barbe. Je l'ai déjà vu quelque part lui… Au fur et à mesure qu'il s'approche de nous, ses traits me deviennent de plus en plus familiers.

- Monsieur Delporte ?! Je pensais que vous travailliez aux caméras de surveillance.

- Ho tu sais, je fais un peu de tout ici. Le train va partir dans deux minutes, vous embarquez ?

Max intervient le premier tout en se levant.

- Moi oui ! J'aurais bien trop peur de le rater et de me retrouver coincé dans un endroit aussi morose.

Il me regarde droit dans les yeux et me dit :

- Tu me rejoins, vieux ?

Avant que je puisse répondre, il me sourit encore et se dirige vers une locomotive dans laquelle il disparaît. Je regarde monsieur Delporte, encore perplexe.

- Devrais-je ?

- Ça, c'est à toi de voir. Je trouve que tu as assez attendu et qu'il est temps d'y aller. Si tu restes encore, tu vas prendre racine !

- Allez où ? Est-ce le bon train ?

- Qui a dit que c'était facile ? Mais ne t'inquiète pas, comme le dirait un ami à toi : à un moment, on voit forcément le bout du tunnel.

- En effet, j'ai un ami qui réussit bien dans le cliché…

Je suis perplexe, lui, amusé. En fait, il me rassure avec son côté papa-poule.

- Alors ?

- C'est bon, je crois qu'il est temps.

- Alors bon voyage !

- Merci monsieur Delporte, au revoir.

- Je t'ai déjà dit de m'appeler Pierre.

Pour la première fois depuis longtemps, je me lève vraiment de mon banc. Et cette fois, je reprends la route.

Je m'empresse de monter dans le wagon et de rejoindre Max avant de changer d'avis. Assis, je contemple mon ancien poste d'observation avec, déjà, nostalgie. Je regarde mon quai pour la dernière fois. Je mémorise. Je me rends compte que je me suis attaché à sa morosité de béton et de métal. D'une certaine manière, je suis triste de savoir que cet écosystème va tourner sans moi, sans mon souvenir, sans trace. Comme si je n'avais jamais existé…

À mon adieu mental, la gare répond. "*Départ imminent du train de 22 heures 22. Bon voyage* ". Le train se met en branle et nous démarrons aussi lentement que bruyamment. Profitant du vacarme, je chuchote un dernier "*merci* " pendant qu'elle disparaît.

ÉPILOGUE

Je ne m'en étais jamais rendu compte. Le train m'endort. Mon wagon est vide. Je n'ai aucune idée de la durée de ma sieste. Il me semble qu'il y avait du monde. Il n'y a plus personne.

Je n'ai jamais eu le réveil facile, mais, aujourd'hui, c'est rude. Quelque chose me burine l'arrière du crâne et ma langue est pâteuse comme si j'avais bouffé de la farine. Pourtant, je ne me souviens pas avoir picolé sec. Je ne me souviens pas de grand-chose en fait.

Le train est à quai, alors autant descendre. Cet endroit me semble étrangement familier. Mais il est vrai que toutes les gares se ressemblent un peu. Ça me rassure de voir d'autres personnes sortir du train, pendant un instant j'avais cru être seul sur le quai.

Je la vis, mon Dieu, pardonne-moi, mais là, tu provoques. Une beauté, assise seule sur son banc. Je dévie nonchalamment ma trajectoire et attire son attention d'un bon vieux *" Vous n'auriez pas l'heure ? "*

La belle lève le nez de son livre pour me regarder d'un air blasé.

- Il y a une grande horloge là-bas sur le mur…

Quel visage ! Je crois que là, j'ai un bonus. Elle est simplement magnifique, ni plus, ni moins. Je suis perturbé. Elle le remarque, ce qui la perturbe aussi.

- Nous ne nous serions pas déjà rencontrés ?

- Non.

Je suis déçu. Cette fille me disait quelque chose…

- Quoique votre visage me parait vaguement familier… Dans une vie antérieure peut-être…

- Peut-être…

Je reste quelques secondes pensif. Mais bon Dieu, il faut que je me reprenne, je suis en train de perdre la belle. Réagis l'ami !

- Vous attendez un train ?

- Non, un avion. Mais les deux derniers qui ont essayé d'atterrir ici se sont crashés. J'espère que mon pilote sera plus compétent.

Touché. Elle me sourit, entre moquerie et provocation. Retouché, foutu, happé. Tu n'aurais pas dû me sourire comme ça. Maintenant t'es foutue aussi, je ne te lâcherai plus ma belle.

- Oui c'est vrai, le service n'est pas terrible ici. La semaine passée j'ai pris un sous-marin en voie 12, je ne sais pas comment il est arrivé là, mais en tout cas il n'a pas été bien loin.

Je lui souris à mon tour et fond intérieurement. Mais avant que je ne continue la conversation, elle replonge le nez dans son livre. Pas bon signe. Je reste encore quelques secondes, silencieux, auprès d'elle, regardant vers nulle part. Je me décide à partir mais elle ferme son bouquin d'un coup sec.

- J'ai faim !

Que je me fasse foudroyer si je ne saisis pas cette perche !

- Ça vous dirait un café et des croissants, je connais une bonne boulangerie pas trop loin.

- Un café et des croissants gratuits ? Comment refuser !, dit-elle en se levant.

Au-delà de toutes mes espérances. Je suis ravi. Elle semble l'être également. Alors que nous prenons la direction de la sortie côte à côte, je lui demande son nom. Sa bouche s'élargit de plus belle, faisant apparaître de jolies fossettes. Le regard joueur elle me répond.

- Moi c'est " L'Avare " de Molière.

- Enchanté, moi c'est " Les Grandes Espérances ", rétorquai-je avec mon sourire le plus charmeur.

Elle rougit légèrement.

Nous marchons dans un silence presque religieux. Pour plaisanter, je veux lui demander si elle savait que le personnage principal du livre que je venais de citer s'appelait Pip. Je m'abstiens, préférant me concentrer sur son envoûtant parfum. Nous marchons côte à côte mais ni elle ni moi ne pouvons nous empêcher de nous observer furtivement. Nos yeux se croisent plusieurs fois. Son regard me percute. Chaque fois.

- Molière et Dickens... Drôle de couple non ?

Elle s'arrête. Moi aussi.

- Tout compte fait, c'est vrai, j'ai l'impression de vous avoir déjà vu, me dit-elle sincèrement.

Nous nous faisons face. L'heure n'est plus à la plaisanterie. Elle me tend la main, comme si elle venait de décider de repartir à zéro.

- Moi c'est Lola.

Sa main est douce et décidée. La mienne vient de perdre son assurance.

- Lola, c'est joli... Moi c'est Max.

De nouveau un sentiment de déjà-dit. Silence.

- On va les manger ces croissants ?!

- Chose promise, chose acquise.

- Ho, vous dites tous ça...

- Et vous répondez toutes ça !

Elle rit. Moi aussi. Nous nous remettons en marche. Elle me prend le bras. Ça me plait. Je me surprends à me sentir heureux.

- Voyons jusqu'où ça nous mène, Max...

Table des matières

Déjà paru aux éditions du Basson

Silence dans les rangs / Pierre Mathues
(Coll. Spectacles-extraits, 2009)

Bruit de feuilles / D. Watteyne et P. Zimmerman
(Coll. Tandem, 2010)

Danses a Charleroi / Collectif
(Coll. Tandem, 2010)

Abécé d'aire de jeux / Collectif
(Coll. Tandem, 2010)

Regards / Collectif
(Coll. Tandem, 2010)

Un homme venu des Abruzzes / A. Scatozza
(Coll. Ma vie est un Roman, 2012)

La Grosse Chronique / Philippe Genion
(Coll. Osons, 2012)

Lettres à Polly / Philippe Wanufel
(Coll. Ma vie est un roman, 2013)

Humeurs Belges ! / Philippe Genion
(Coll. Osons, 2013)

Ruquier, il est sympa ? / Alain Doucet
(Coll. Roman, 2013)

Amina G., la voie de Mahomet / Eddy Piron
(Coll. Roman, 2013)

Dourbes, 3 000 ans racontent / Daniel Gaye
(Coll. Histoire, 2013)

Nimadea [1] Le maître des Pierres / Kate VDK
(Coll. Fantastique, 2013)

Charleroi, ta ville / Fidéline Dujeu et Mathieu Bauwens
(Coll. Charleroi on the road, 2014)

L'affaire oubliée de Charleroi, Gozée août 1914 / Philippe Wille
(Coll. Histoire, 2014)

L'Agence Bêta du Scorpion [1] Les Vipères sonnent / Joëlle-Etienne
(Coll. Peau lard et autres abats, 2014)

Rencontres / Collectif
(Coll. Nouvelles de concours, 2014)

Le Carnet retrouvé, Louis Dermine raconte Charleroi en août 1914 / Louis Dermine et Etienne "Fafouille" Grandchamps
(Coll. Histoire, 2014)

SNCB, mon amour / Nancy Vilbajo et François Bouton
(Coll. Osons, 2015)

Le Plus Important / Ziska Larouge
(Coll. Roman, 2015)

De Pierre et de sang
(Coll. Roman, 2015)

À paraître aux Éditions du Basson

Black city, withe spirit / Didier Ocula
(Coll. Charleroi on the road, 2015)

L'Odyssée de la betterave / Eddy Piron
(Coll. Ma vie est un roman, 2015)

L'Agence Bêta du Scorpion [2] Les enterrés de l'Yvonne / Joëlle-Etienne
(Coll. Peau lard et autres abats, 2015)

Nimadea [2] / Kate VDK
(Coll. Fantastique, 2015)

Désobéissances / Collectif
(Coll. Nouvelles de concours, 2015)

Editions du Basson
rue de l'Ange 28
6001 Marcinelle, Belgique
www.editionsdubasson.com
editionsdubasson@scarlet.be

DEPOT LEGAL

1ère édition : février 2015
Impression : Imprimerie Bietlot, Gilly
(imprime en Belgique - février 2015)